新 潮 文 庫

光あるうち光の中を歩め

トルストイ
原 久 一 郎 訳

新 潮 社 版

375

光あるうち光の中を歩め

閑人たちの会話

『光あるうち光の中を歩め』のプロローグ

ある日、金持の邸《やしき》へ数人の客が集まった。そして偶然にも、人生に関するまじめな会話が交《か》わされることになった。

一同は席にいる人、いない人の誰彼《たれかれ》についてさまざまに話しあった。が、自分の生活に満足している人物を、一人も見出《みいだ》すことができなかった。

誰一人自分の幸福を誇ることができなかったばかりでなく、自分は真のキリスト教徒にふさわしい生活をしていると思っている者さえ、一人もいなかった。誰も彼もが世俗的な生活をいとなんで、自分自身の問題や家族のことばかり思い煩《わずら》い、隣人のことはもちろん、神についてさえ、考えようとしていないと告白しあった。

客人たちは互いにそうしたことを話しあい、その結果、キリスト教徒らしからぬ不信心な各自の生活を非難することに一致した。

「では、なぜわれわれはそんな生活をするのでしょう?」と或《あ》る青年が叫んだ。

「なぜ自分でさえよくないと思う生活をするのでしょう? はたしてわれわれには自分で自分の生活を何とか変える力がないのでしょうか? われわれを滅ぼすもの

は奢侈《しゃし》です、遊惰です、富です、とりわけ慢心と、同胞たちからの孤立とがいけないのです。このことはわれわれ自身も自覚しています。われわれは地位や財産を獲得するために、人間の生活に喜びをもたらすいっさいのものを、放棄しなければなりません。われわれは都会に密集して、われとわが身を柔弱にし、健康を害しているのです。そしていろいろの楽しみがあるにもかかわらず、倦怠《けんたい》に蝕《むしば》まれ、自分たちの生涯はこんなものではないはずだという後悔にいためつけられつつ死んでゆくのです。

なぜわれわれはそんな生活をするのでしょう？　なぜわれわれはこんなふうにして自分の一生や、神から与えられたいっさいの幸福を台なしにするのでしょう？　わたしは今までのような生活をしていくのはいやです。せっかくはじめた学問もやめます――だって、学問をしたところで、行きつくところは、今われわれがこうしてかこちあっているやりきれない生活以外の何物でもありませんからね。わたしは自分の財産を放棄して、田舎《いなか》へ行って、貧しいひとびとと一緒に暮します。彼らと共に働き、自分自身の手で労働することを覚えましょう。もしわたしの学問が貧しいひとびとになんらかのお役に立つなら、喜んでお役に立てましょう。でもそれは村塾とか書物とかを介してではなく、直接彼らと親しく膝《ひざ》つき合せて実行しようと思うのです。

そうだ、わたしは決心しました」そこに同席していた父親を、伺うような眼つきで見上げながら、彼はこう言った。

「おまえの希望は至極もっともだ」と父親はいった。「が、しかし、それは軽率で、同時に無分別というものだ。おまえはまだ世の中ってものを知らないから、それで、すべてのことがそんなに容易に思えるのだ。われわれの眼には何でも美しく映るが、さてそれを実行する段になると、至極複雑で困難なものだ。踏み固められた道を歩くのさえ、なかなか骨が折れるのだもの、まして新しく道を切り拓《ひら》いて進むなんてことは、こりゃ実に容易ならぬわざだ。そのような新しい道を拓くことのできるのは、思慮分別が十分そなわり、人間の到達できるすべてのものを修得した人だけだ。おまえはまだ人生の何たるかを知らないから、新しい道を拓くなんてことを、たわいないことのように考えているらしいが、それはみんな若さゆえの軽はずみと慢心がさせるわざというものだ。われわれ老人は、おまえたちがとかく血気にはやりたがるのを抑《おさ》えつけ、われわれの経験でこれを指導してゆくという点で、必要な存在なんだよ。だから、おまえたち若者は、われわれの経験を利用するために、われわれに従うべきだ。おまえたちの活動すべき檜《ひのき》舞台はまだまだこれからずっと先だ。いまはただ成長し発展すればそれでよいのだ。成長するがいい、十分に勉強すべきだ。自分の両脚《りょうあし》でしかと立ち上がり、牢固《ろうこ》たる信念ができて、もう大丈夫できそうだと思えるようになったら、その新しい生活をはじめるがいい。だが今は、おまえのためを思って指導している人の言うことを聞くべきであって、人生の新しい道を拓くべき時ではない」

　青年は沈黙した。年長の客人たちはこの父親の言葉に賛同した。

「そうです、そのとおりです」中年の妻帯者が、青年の父親に向って言った。「実際、青年が、人生経験を持たずに、新しい道を拓こうとしても、間違いをおかしかねませんし、そんな人の決心なんて強固なものとはいえません。しかし、われわれ一同の生活が良心に反したものであり、われわれになんらの幸福をもたらしていないという点では、皆の意見が一致していたではありませんか。ですから、そのような生活から脱却したいという願望を、正当なものと認めないわけにはゆきませんな。

若い者なら、自分の空想を理性の帰結と取るかもしれませんが、しかし、わたしは若い者ではありませんからね。ひとつわたし自身のことをお話しいたしましょう。今晩いろいろとご高説を承っているうちに、ちょうどそれと同じような考えが、わたしの頭にも浮んできたのです。わたしの現在送っている生活が、わたしに良心の平和と幸福を与えてくれないことは明らかです。経験も理性もそのことをわたしに示してくれます。ではいったい何をわたしは待っているのでしょう？　われわれは朝から晩まで家族のためにあくせくしているが、さてその結果たるや、おのれも家族の者もみんな神の御心《みこころ》に反した生活をして、ますます罪業《ざいごう》の淵《ふち》に深く沈んでゆくばかりではありませんか。家族のために汲々《きゅうきゅう》としても、家族はいっこうによくなりません。というわけは、家族のために尽すのが善でないからにほかなりません。ですから、わたしはしょっちゅう考えつづけているのです。いっそのこと、自分の生活をがらりと変えてしまって、この若い方が言われるようにしたほうがよくはないだろうか、――妻子のことを思い悩むのをふっつりやめて、ただただ自己の霊のことばかり考えるのですな。パウロが『妻を持てる者は妻のことを思い、妻を持たざる者は主のことを思う』と言われたが、もっともなことです」

中年男がこう言い終るか終らぬうちに、彼の妻をはじめ、一座の婦人は、いっせいに彼にくってかかった。

「そんなことはとっくに考えなけりゃならなかったんです」と中年の婦人が言った。「乗りかかった船じゃありませんか。そんなことでは、誰だって家族をささえて養ってゆくのが苦しくなった時、自分の霊を救いたくなったと言いだすでしょうよ、そんなのは欺瞞《ぎまん》です、卑劣というものです。いいえ、人間は家族の中にあってこそ、神の御心にかなった生活をすることができるはずです。そんな具合にして自分だけ霊を救うなんてことは、いとたやすい生き方ですものね。だいいち、そんな行為に出ることは、キリストの教えにそむいたやり方ですわよ。神様は他人を愛せとお命じになりましたのに、あなたときたら、その神様をだしに使って、他人を傷つけようとなさるのね。いいえ、妻帯者には一定の義務というものがあります。ですから、それを無視するわけにはまいりません。でも、家族の方々が一本立ちできるようにおなりになったら、その時はおのずから別問題です。その時こそは、あなたのご勝手になすったらいいでしょう。誰だって家族に強制する権利なんか持ってはおりませんからね」

しかし、妻を持った男はこれに賛成しなかった。「ただわたしは家族を棄《す》てようとなんか思っておりません」こう彼はいった。「ただわたしは、家族の者を、ありふれた俗物にしつけちゃならんと思うのです。つまりその、先ほどわたしたちが話したように、自己の快楽のために生活するような代物《しろもの》にではなく、子供の時から、困苦欠乏と勤労と相互扶助とに——なによりも、すべての人との兄弟愛的な生活に——馴《な》れるように教育しなければなりません。そして、そのためには、地位や財産を放棄してしまうことが何より肝腎《かんじん》なのです」

「あなたはご自分で神様の教えにそむいた生活をしていらっしゃるくせに、なにも他人《ひと》の生活までわざわざおこわしになる必要はありませんわよ」と妻がかんかんになって叫んだ。「あなたは子供の時から、あなたのすき勝手な生活に終始しておいでになったんじゃありませんか。それだのに、なぜ自分の子供や家族の者を、苦しめようとなさるんですの？　そんなことをなさらずに、ほっておいて気ままに成人させて、それからめいめい自分のすきなことをさせたらいいんです。何も強制がましいことはしないほうがいいのですよ」

夫は口をつぐんだ。すると、同席していた一人の老人が、彼の弁護に立った。

「いや、かりにですよ」と老人は言った。「家族持ちの人間が、自分の家族をある程度の裕福さに馴らしておいて、突然、それらすべてを失わせたりするのが、いけないことだとしてもですな。事実、子供の教育は一度はじめた以上、それをすべてぶちこわしてしまうより、すっかり全うさせたほうがいいですからね。まして、子供たちも成長したら、自分で最もいいと思われる道をたどることでしょうしね。一家を擁している者が、何らの犠牲を払わずに生活を一変させてしまうことは容易じゃない、いやむしろ、ほとんど不可能なことだ。その点は私にも異議ありません。これはとりもなおさず、神様がわれわれ老人にお命じになったことなのです。まァひとつ、自分のことを話さしていただきましょう。わたしは現在何の義務もないその日その日を送っております。実際の話が、もっぱらこの『おなか』に奉仕して生きているしだいです。食う、飲む、眠るといっただけの、われながらあきれる生活をしています。わたしもそろそろこんな生活を捨てて、財産もきれいさっぱりと譲り渡し、せめて死ぬ前のちょっとの間でもいいから、神様がお命じになったキリスト教徒らしい生活をやってみる潮時なんです」

しかし、この老人の言葉にも、賛成する者はなかった。老人の姪《めい》も、名付親の婦人も（この婦人のもとで彼は自分の子供たち全部を洗礼し、祭日にはいつも何か贈物をするのを例としていた）、息子も席に居合せたのだが——彼らは一人残らず、老人に反対した。

「そりゃ違います」と息子は言った。「お父さんはこんにちまで働きつづけていらしたのですから、もうゆっくりと休養なさるのがほんとうで、何もわれとわが身をお苦しめになるには及びませんよ。お父さんはもう六十年もアクの強い生き方をしていらしたのだから、今さらそれを抜け出すわけにはいきませんよ。そんなことをしようとなさればなさるほど、むなしく自分自身を苦しめることになりますよ」

「そうです、ほんとにそうですよ」と姪が相槌《あいづち》をうった。「生活が苦しくなってくれば、機嫌だってわるくなるでしょうし、そのためにぶつぶつ口小言をおっしゃるようになり、よけいに罪をお重ねになるような結果を見るにきまっていますよ。神様は慈悲深くていらっしゃいますから、どのような罪人でも赦《ゆる》してくださいます。あなたのようないい心がけのお方は、なおさらですわよ、叔父さま！」

「そうですとも、それに今さらわれわれがそんなことをしたって何になりましょう！」叔父と同じ年ごろの老人が補足した。「あなたもわたしもお互いに、余命いくばくもないではありませんか。今さら新しいことをはじめて何になります？」

「ああ、何という不思議なことでしょう！」と今まで一言も口をきかなかった客が言いだした。

「実に不思議ですなあ！　誰もが、やれ神様の御心にかなうように生活をするのは結構なことだとか、やれわれわれはよくない生活をしているとか、やれ精神的にも肉体的にも苦しんでいるとかといっているが、そのくせいざ実行という具体的な問題になると、子供に打撃を与えてはならないから、神の御心にそむいて、従来のままに教育しなければならないということになってしまう。若い者はどうかというと、これまた両親の命にそむくことなく、神様の御心にそぐわない今までどおりの生活をしなくてはならないという。さらに、世帯を持った男もまた、妻子に心配をかけないために、神の御心にそわない、今までどおりの生活をしなくてはならないとい い、また老人は、長い間の因襲がどうだとか、余命いくばくもないとか、なんとかいってからに、どこにも新しい一歩を踏み出してはいけないっていうしまつだ。結局、誰一人心にかなった正しい生活をすることはできないので、ただ口先でとやかく論じあうだけが関の山ってわけなんだ」

光あるうち光の中を歩め

――原始キリスト教時代の物語――

三十三　また一つの譬《たとえ》を聴け、ある家主《いえあるじ》、葡萄園《ぶどうえん》をつくりて籬《まがき》をめぐらし、
中に酒槽《さかぶね》を掘り、櫓《やぐら》を建て、農夫どもに貸して遠く旅立《たびだち》せり。
三十四　果期《みのりどき》ちかづきたれば、その果《み》を受け取らんとて僕《しもべ》らを農夫どもの許《もと》
に遣《つかわ》ししに、
三十五　農夫どもその僕らを執《とら》えて一人を打ちたたき、一人をころし、一人
を石にて撃《う》てり。
三十六　復《また》ほかの僕らを前よりも多く遣ししに、之《これ》をも同じように遇《あしら》えり。
三十七　「わが子は敬うならん」と言いて、遂《つい》にその子を遣ししに、
三十八　農夫ども此《こ》の子を見て互に言う「これは世嗣なり、いざ殺して、そ
の嗣業《しぎょう》を取らん」
三十九　斯《かく》て之をとらえ葡萄園の外に逐《お》い出《いだ》して殺せり。
四　十　さらば葡萄園の主人《あるじ》きたる時、この農夫どもに何を為《な》さんか。
四十一　かれら言う「その悪人どもを飽くまで滅ぼし、果期におよびて果を
納むる他の農夫どもに葡萄園を貸し与うべし」

（マタイ伝第二十一章第三十三―四十一節）

1

キリスト誕生百年後、ローマ皇帝トラヤヌスの御代《みよ》のことだった。キリストのまた弟子たちがまだ存命の時代で、キリスト教徒は使徒行伝に言われているとおり、師の掟《おきて》を固く守っていた。『信じたる者の群は、おなじ心おなじ思となり、誰一人その所有《もちもの》を己が物と謂《い》わず、凡《すべ》ての物を共にせり。斯《かく》て使徒たちは大《おお》いなる能力《ちから》をもて主イエスの復活《よみがえり》の証《あかし》をなし、みな大なる恩恵《めぐみ》を蒙《こうむ》りたり。彼らの中には一人の乏しき者もなかりき。これ地所、あるいは家屋《いえ》を有《も》てる者、これを売り、その売りたる物の価を持ち来《きた》りて、使徒たちの足下に置きしを、各人《おのおの》その用に随《したが》いて分け与えられたればなり』（使徒行伝第四章三十二—三十五節）まさにこのとおりだった。

こういう原始キリスト教時代、キリキヤの国タルソの町に、ユヴェナリウスというシリヤ生れの富裕な宝石商があった。貧乏な平民の出ながら、刻苦精励と腕のよさとで産を作り、町のひとびとの尊敬の的になった。多くのさまざまな国を渡り歩いたので、教育こそないが、いろんな知識を豊富に仕入れ、ちゃんとそれを解していた。で町のひとびとも、彼の知恵と公正さとに敬意を表していた。彼の信仰はローマ帝国の立派なひとびとすべてと同じローマの異教で、――それはアウグスチヌス帝以来いろんな儀式の執行を峻厳《しゅんげん》に要求し、時の皇帝トラヤヌスも固く守っているのだった。

キリキヤの国はローマから遠く距《へだた》っていたけれど、しかしローマの支配下にあったので、ローマの出来事はすべてキリキヤにも反響し、太守たちはみんな皇帝の真《ま》似《ね》をするというわけだった。

ユヴェナリウスは幼少の頃から、ローマにおけるネロの振舞いを、いろいろと語りきかされたり、またその後、多くの皇帝が次々に滅んでいった有様をも眺《なが》めてきた。生れつき賢い人物だったので、皇帝の権力やローマの宗教には神聖なものなど何一つないこと、それらがすべて人間の手で作られたものにすぎぬことを、彼は理解していた。が、同時にまた、賢い人間の常として、この権力に抗するのが損なこと、身の安泰のため既成の秩序に従わなければならないことをも知っていた。が、それにもかかわらず、周囲の生活の狂愚、わけても商用で時々出向するローマの出来事の愚劣さは、しばしば彼を当惑させた。彼にはいろんな懐疑が巻き起った。彼はすべてを包括することができず、それを自分の無教育のせいだと思っていた。妻帯して四児をあげた。が、うち三人は幼いころに歿《ぼっ》し、生き残ったのはユリウスという名の息子一人だった。

ユヴェナリウスは満身の愛情と心づかいとを、全部このユリウスに傾けつくした、特にユヴェナリウスの望んだのは、自分自身を当惑させたような人生に対するああした懐疑に責めさいなまれずに済むように、ユリウスを教育したいという一事だった。

ユリウスが満十五歳になった時、父は同じ町に住み暮し、多くの青年子女を集めて学問を授けている或《あ》る哲学者（原注　学者、賢人の総称。哲学とは最愛の叡知《えいち》に関する学問）のもとへ修業にやった。父はユリウスをこの哲学者の門に入らせるにあたって、かつて自分によって自由の境涯にしてもらい、今はすでに故人となったある奴隷《どれい》の伜《せがれ》、パンフィリウスを供につけてやった。二人の青年は同い年で、どちらも美男子で、おまけに大の仲よしだった。

青年はどちらも熱心に勉強した。二人とも品行方正だった。ユリウスは詩と数学の方面にすぐれ、パンフィリウスは哲学の研究に一頭地をぬいていた。

学業を卒《お》える一年前のことだったが、ある日、パンフィリウスは、塾に来ると同時に、師の前に手をついて、今度やもめ暮しをしておりました母が数人のお友だちと一緒にダルナの町へ引っ越すことになりましたので、自分も母の手助けをしに一緒について行かねばなりませんから、学問のほうも中絶するほかありません、と言いだした。

師は自分の誇りだった弟子を失うことを惜しく思った。ユヴェナリウスも同じく惜しんだ。が、誰よりもいちばん惜しがったのはユリウスだった。塾にとどまって勉学を続けよと、手をかえ品をかえてすすめられたけれど、パンフィリウスはあくまでも首を縦にふらず、親友たち一同の自分に対する愛情と心づくしに感謝の言葉を述べて、彼らと別れた。

二年たった。ユリウスは勉学を終えた。そしてずっとその間、一度も別れた親友に会わなかった。が、ある時、偶然往来でめぐりあったので、自宅へ呼び入れ、どこでどんな暮しをしているのかと、いろいろ彼に訊《き》き出した。パンフィリウスは友に向って、自分と母は相変らず同じ町に住み暮していると答えた。

「僕たちは二人きりで暮しているんじゃありません」こう彼は言った。「たくさん友だちがありましてねえ、その連中と何もかも共同でやっているんです」

「共同っていうと、それはどういうことです？」とユリウスは訊《たず》ねた。

「つまり、われわれの間には何物をも自分の私有と考える人間がいないんです」

「なぜそういうことをするんです？」

「われわれはキリスト教徒なんですよ」パンフィリウスは言った。

「まさか」こうユリウスは叫ぶように言った。

　この時代、キリスト教徒になるということは、現今の陰謀の一味徒党に加盟するのと同じであった。キリスト教を奉じていることを発見されたが最後、すぐに牢《ろう》へ投ぜられ、裁《さば》きに付され、そしてその信仰を棄《す》てない場合には、死刑に処される慣《なら》わしだった。この事情がユリウスをふるえあがらせた。彼はキリスト教徒の身に関する、種々様々な恐ろしい話を聞かされていたのである。

「だって君、キリスト教徒は人間の子供を殺して食うっていうじゃないか！　まさか君までがそんな仲間入りをしているんじゃあるまいね？」

「まァ来て、ひとつ見てくれたまえ」とパンフィリウスは答えた。「僕たちは何も特別変ったことをやっているんじゃありません。ただただ悪いことをしないように努力しながら暮してゆく。それだけの話ですよ」

「しかし、何物をも自分の所有と考えずに暮してゆくなんて、どうしてそんなことができるんだい！」

「けっこう食べてゆけますよ。こちらのほうで兄弟たちに勤労を奉仕すれば、先方でも同じく酬《むく》いてくれますからね」

「なるほどね。しかし、そうした兄弟姉妹たちがこちらの勤労奉仕を受けておきながら、酬いることをしなかったら、そういう場合には、どういうことになるだろう？」

「そういう人間はいません」とパンフィリウスは言った。「そうした連中は贅沢三昧《ぜいたくざんまい》な生活が好きだから、われわれの所へはやって来ません。われわれの生活は質素なもので、贅沢じゃありませんからね」

「しかし、ただ養ってもらうのを嬉《うれ》しがる怠け者が、世の中には少なくないからね」

「そういう連中もいることはいますがね。しかし、われわれはそういう人たちを喜んで迎え入れます。ついこないだも脱走した奴隷で、そういうのが一人見えましたっけ。なるほど初めのうちは怠け癖に左右されて、よくない生活に終始しておりましたがね、しかし、間もなくその生活を一変して、今ではしごく善良な、われらの兄弟になりましたよ」

「しかし、そういう男がもし改心しないような場合があったら？」

「いや、そういう人たちもいるにはいます。しかし、キリルス長老のお話のとおり、そういう人こそ、最も大切な兄弟姉妹としてこれを遇し、いっそう愛してやらなければならないのです」

「はたして、そんなやくざ者を愛するなんてことができるかしら？」

「人間を愛さないわけにはいきません」

「だけど、人がくれというものを、すべての人にやるなんてことは、こりゃできない相談じゃないだろうか？」とユリウスは訊ねた。「かりにうちの父が、みんなのほしいってねだるものを、いちいちやっていたりした日には、じきに無一物になってしまうわけだからねえ」

「さァ、そりゃどうか知りませんがね」とパンフィリウスは答えた。「しかし、僕たちの所では、いつも物資が必要に応じてちゃんと残っています。だから、食べる物が無くなるとか、身にまとう物が無くなるとかいう場合には、ほかの人たちに無心します。するとほかの人たちが、二つ返事でそれをくれるってことになっています。それに、そんな機会はほんのたまにしかありゃしません。現に僕などもたった一度、夕食を取らずに寝た経験があるだけだ。おまけにそれさえ、僕があんまり疲れすぎて兄弟のところへ貰《もら》いに行くのを億劫《おっくう》がった結果なんですよ」

「君たちがどんなやり方をしているのか、それはわからないがね」とユリウスは言った。「ただ、うちの父が口癖のように言っていることだけれど、全く自分の所有物を大事にしないで、ねだられるままに与えたりしていた日にゃ、自分のほうが餓死するようなことになると思うがねえ」

「いいや、われわれは死にやしません。まァひとつ、来てみてください。僕たちはちゃんと暮して、物資に不自由しないばかりか、いろんな余分なものさえ、たんと持っていますからね」

「そりゃまたいったいどういうわけです？」

「そのわけはほかでもありません。僕たちはみんな同一の掟《おきて》を奉じているのですが、しかし、この掟を遵守《じゅんしゅ》する力は、人によって千差万別で、多くそなえている人もあれば、少ない人もあります。ある人はもう善徳の生活に完成をみせておりますし、ある人はようやくこれをはじめたばかりだ。われわれ一同の先頭には、キリストが、その生活を提示しながら立っておられますので、僕たち一同はこれを見ならおうと懸命に努力し、そしてこの一事にわれわれの幸福を認めているのです。僕たちの中でもある人は、たとえばキリルス長老や、奥さんのペラゲーヤさんなどは、われわれの先頭に立っておられます。が、ほかの連中はみんな後からついて行くのですし、またあるひとびとは、さらにいっそうおくれております。が、しかし、みんながただ一筋の道を進んでいることに変りはありません。

そして先頭の連中はもうキリストの掟に接近しています。――つまり、自己否定にですね。自己の霊を獲得するために、これを滅ぼしたっていうわけです。こういう人たちには、もう何物もいりません。こういう人は身を惜しまず、キリストの掟に従って、最後の一物まで全部求める者に与えます。が、これよりもやや信仰の弱い連中もあります。こういう連中は全部提供するっていうことはできません。フラフラと決心が弱くなって、まだまだ自分で自分が惜しくなってくるんですよ。この人たちは着馴《きな》れた衣服や食べ馴れた食物がないとげっそりとなってしまうんです。

が、さらに一段弱い人間があります。つい最近この道に帰依《きえ》したばかりの人たちがそれです。こういう人たちはまだ旧習がぬけずに、自分のために多くの物資を保留して、ほんの余分のものだけしか人に分け与えません。しかし、こうしたおくれた人たちでも、先を行く人たちの手助けにはなります。

のみならず、われわれはみんな異教徒との親族関係によって煩《わずら》わされています。ある人は父親が異教徒で、資産を擁しているものだから、どしどしと息子に与えます。で、息子はそれをねだる連中に提供するのですが、父親のほうでは委細かまわず、また送ってよこすというわけだ。またある人は母親が異教徒で、わが子に対するふびんさから、これまた同じく補助をします。中にはまた、子供のほうが異教徒で、母親のほうがキリスト教徒っていうのもあります。子供たちが母に孝養を尽す気持から、いろんな贈物をして、どうか人にやらないでくださいと言うんですが、しかし、母親は、わが子の愛にひかされて、それを受け取ることは受け取るのですが、やはりほかの連中に分けてしまいます。また中には、妻が異教徒で、夫がキリスト教徒っていうのもあるし、その逆を行くのもあります。

まァこういったふうにみんなこんがらかっておりますので、先頭に立っている人たちは、最後の一物まで喜んで分ち与えたいと思いながら、それができないっていうしまつです。

　このおかげで、弱い連中も信仰にささえられているのですし、またそのために、われわれの間には余分なものがたまるっていうわけです」

　それに対してユリウスは言った。

「しかし、そういうんだとすると、君たちはつまり、キリストの教えにそむきながら、これを遵守しているような顔つきをしているにすぎませんね。全部分ち与えてしまわないかぎり、君たちと僕らの間には、何の違いもありゃしません。僕に言わせりゃ、すでにキリスト教徒となったからには、何から何まですべて遵奉しなければうそだと思う。すべてを分ち与えて、乞食《こじき》になるの一手ですね」

「それはいちばん立派ですよ」とパンフィリウスは答えた。「ぜひそういうふうになさるんですな」

「よろしい、君の実行しているところを拝見したら、僕もやることにいたしましょう」

「いや、僕たちは何事によらず、人に見せることを欲しない。だから君にもあえておすすめしますが、他人に見せびらかすために現在の生活を脱却して、われわれの所へ来るなんてことはよしなさい。われわれは人に見せびらかすためじゃなく、われわれ自身の信仰に従って、今やっているようなことをやっているだけなんですからね」

「信仰に従ってとは、いったいどういう意味ですか、それは？」

「信仰に従ってとは、ほかでもありません、つまりわれわれが、キリストの教えに従った生活にのみ、この世の悪と死からの救いの存することを、信ずるという意味なんです。世のひとびとがわれわれのことを何と言おうと、われわれにとってはそんなことは全く何でもありません。われわれは他人に見せびらかすために行うのではありません、そこに生命と幸福とを認めればこそです」

「自分のためにいきないなんてわけにはいきません」とユリウスは言った。「神々ご自身がわれわれに、誰よりも自己を愛し、自己の喜びを求める本能を、ちゃんとお授けになったのですからね。君たちだって、そういうことをやっているのだ。われわれの間にも身を惜しむ連中がありますって、現に君自身が言ったじゃありませんか。そういう連中はいよいよますます自己の喜びを求めるようになります。そしてしだいに君たちを捨て、結局、僕たちと同じことをやるようになってしまうんです」

「いや、違います」パンフィリウスは答えた。「われわれは別の道を歩んでいるから、絶対にへたばるなんていうことはありません。ほら、火中に薪《たきぎ》を積み重ねていけば、絶対に火は消えませんね、あれと同じことで、われわれはますます強く燃え熾《さか》る一方だ。そこにわれわれの信仰があるんです」

「どうも理解できそうもありませんね、いったいその信仰の本質は？」

「キリストが説きあかしてくだすったように、この人生を解釈する、それがわれわれの信仰の本質です」

「というと、いったいどんなふうに解釈するんです？」

「キリストはこういう譬《たと》え話をしておられますね。――葡萄《ぶどう》作りの連中が他人の葡萄園で暮し、その葡萄園の主《あるじ》に年貢《ねんぐ》を払わなければならない仕儀にたちいたった。つまり、われわれ人間は、この世に生をうけたからには、神様に年貢を納めなければならない。神の意志を遂行しなければならない、っていう意味です。ところがひとびとは、世俗の信仰に左右されて、葡萄園を自分たちのものと思いこみ、年貢なんか納めるにはあたらない、その収穫をしかるべく利用しさえすればそれでよいのだ、とこう考えた。そこで持ち主が年貢を受け取りに使いの者を遣《つか》わしたところ、彼らはこれを追い返してしまった。で今度は伜《せがれ》を繰り向けてやったが、すると彼らは、この奴《やっこ》さんさえ片づけてしまえば、あとはもう誰も邪魔者がいなくなると考えて、彼を殺害してしまった。——これがつまり世俗の信仰っていうやつで、この世のすべてのひとびとがみなこれを奉じて生き、われらの生命が神に仕えるために与えられたものだということを認識しないのです。しかし、キリストはわれわれに教えてくださいました。このように世俗の信仰は、葡萄園の持ち主の使者や伜を追い払って、年貢を納めないほうが、有利だと教えるけれど、しかし、結局、年貢を納めるか葡萄園から放逐されるか、二つに一つしかないのだから、これは誤った信仰だ、と。キリストはさらにまたこういうことをもお教えになりました。——われわれが喜びと呼んでいるもの、——食べたり、飲んだり、浮かれ騒いだりすること——は、これを人生の本体とするならば、決して喜びではありえない。われわれが別のもの、つまり神の意志の遂行——を求める時、その時はじめてこれらのものが喜びになり、その時はじめてその喜びが、真の酬《むく》いとして、神意の遂行に続いて湧《わ》き起る。神意の遂行という労苦を経ずに、喜びを獲得しようと欲したり、喜びのみを労苦から截《き》りはなしたりすることは、取りも直さず、茎から花をもぎ取って、根のないやつを植えるのと同一です。われわれはそれを信じています。したがって、真実の代りに虚偽を求めることができないのです。人生の真の幸福は、その喜びにあるのではなく、喜びという考えや喜びに対する期待なしに、ただひたすら神意を遂行するところにある。これがわれわれの信仰です。で、われわれはそういうふうな生き方に終始しています。したがって、生きながらえれば生きながらえるだけ、ますますはっきりとわかってくるのですが、この間、喜びとか幸福とかいう代物《しろもの》は、轅《ながえ》と車輪の関係のようなもので、常に神意の遂行の跡をつけているんです。師は言われました。――

『凡《すべ》て労する者・重荷を負う者、われに来《きた》れ、われ汝《なんじ》らを休ません。我は柔和にして心卑《ひく》ければ、我が軛《くびき》を負いて我に学べ、さらば霊魂《たましい》に休息《やすみ》を得ん。我が軛は易《やす》く、我が荷は軽ければなり』」

パンフィリウスはこう言った。ユリウスはそれを聞き、いたく心を打たれたが、しかしまだ、パンフィリウスの言ったことが、彼にははっきりしなかった。パンフィリウスがこちらを騙《だま》しているようにも思われたが、また親友の善良そのもののような眼を見いり、その善心を想起すると、パンフィリウスが自己欺瞞《ぎまん》に陥っているようにも思われた。

パンフィリウスは、とにかく自分たちの生活ぶりを見に来て、気に入ったら、そのままとどまって一緒に暮さないかと、ユリウスに説きすすめた。で、ユリウスはそれを約束した。

ユリウスは約束したけれど、しかしパンフィリウスを訪《たず》ねては行かなかった。そのうちに、自己の生活に紛れこんでしまって、この親友のことをすっかり忘れていた。

彼らキリスト教徒の生活が自分を惹《ひ》きつけはしまいかと、案じ恐れるような具合だった。キリスト教徒の生活が、人生のあらゆる喜びの否定を必要とする生活のように想像された。しかし彼はこの喜びに生の本質を置いていたので、これを拒否することはできなかった。彼はキリスト教徒を非難し、その非難を尊重した。彼はそうした非難の種のつきるのを恐れて、彼らの欠点を発見する機会を探し求めた。

いつどこでキリスト教徒に会った場合にも、彼は即座に非難の材料を見つけ出した。彼らが市場で果物や野菜を売っているのを目撃すると、彼はすぐさま自分の心に、またときどきは彼らに向って、君たちは自分の私有物を何も持たないと言いながら、そうやって金と引きかえに物資を売りつけ、求める者にただやろうとしないではないか、君たちは自分をもわれわれをも欺《あざむ》いているのだ、とこう言った。そして彼らがなぜ無料で与えずに売却することを正当であり必要であると認めたかという理由について、彼らと論議しようとしないのだった。

またいい着物を着たキリスト教徒に出会わした場合には、まだそういう美服をくれてしまわずにいることを非難した。ユリウスにはキリスト教徒が罪深い存在であることが必要なのだが、しかし彼らキリスト教徒は決して自己の罪過を否定しなかった、したがって、彼らはユリウスの眼から見ると、みんな罪深い存在に見えるのだった。彼ユリウスの眼から見ると、キリスト教徒はみんな口先ばかりで実行の伴わない、偽善者、詐欺師《さぎし》にほかならなかった。こう見えても僕は、言行を一致させているが、君たちは口先と行いとがうらはらじゃないか。――こう彼は言うのだった。そして自分にその一事を、なるほどそうだと思いこませるに及んで、はじめて平安な気持になり、従前どおりの生活に終始するのだった。

2

ユリウスは善良な気質だったけれども、富裕な青年の例に漏れず、多くの奴隷《どれい》を有しており、彼らが命令を実行しなかった場合や、自分が不機嫌《ふきげん》な時などは、厳罰に処すこともめずらしくなかった。彼は何の必要もない高価な品物や衣服の類を、山ほど持っていたのに、その上さらにそういう品を手に入れた。芝居をはじめその他いろんな見世物が好きだった。若いころからすでに幾人もの情婦を持っており、友だち仲間で鯨飲馬食の悪癖に身を委《ゆだ》ねていた。

自己の生活を眺《なが》めていなかったので、自分の生活が楽しく流れているように思われた。――彼の生活はことごとく歓楽のうちに流れ過ぎたので、これについて静思するいとまがなかったのだ。

こうして二年が過ぎた。ユリウスはそんなふうに生涯が終るものと思っていた。が、それは不可能だった。ユリウスの送っているような生活にあっては、いつも同じようにおもしろおかしく過そうと思ったら、絶えず遊びの度合いを強めてゆかねばならない。はじめは友だちと二人で一杯の酒をくみ交《か》わして愉快な気分になったとしても、そうした楽しみを何度か反復したあとで、同じように楽しい気分になるためには、今度はもうより上等の酒を二杯のまなければならないというわけである。またはじめのほどは男の友だちと話しあって愉快だったとしても、しばしば繰り返しているうちにはつい鼻についてきて、同じような愉快な気持にひたるには、女の友だちと話す必要が起ってくる。が、後にはそれすら不足になって、さらに他の要素が必要になってくる。つぎにはそれでもまだ足らず、いつも同一の女友だちばかりでは鼻につくとあって、相手をかえる必要が生ずる。すべての肉体的満足は、必ずこうしたものである。満足を枯渇《こかつ》させまいと思ったら、絶えずそれを強化してゆかねばならない。が、満足を強化し増大するには、他人にいっそう多くのものを要求しなければならぬ。そして他人に自分の欲することを行わせるには、権力者でない普通人の場合、昔も今も変りなく、手段は一つ、ただただ金のみである。ユリウスの場合もまさにそうだった。彼は肉体の悦楽に没頭していたが、権力者ではなかったので、絶えずこれを増してゆくには、どうしても金が必要だった。

　ユリウスの父は富者で、一人息子をかわいがり、自慢の種にしていたので、この愛息子《まなむすこ》のためとなったら、金に糸目はつけなかった。ユリウスの生活は、富裕な青年たちの生活の例に漏れず、無為徒食と贅沢三昧《ぜいたくざんまい》と放蕩《ほうとう》遊惰の歓楽のうちに流れ過ぎた。そうした歓楽は、昔も今も常に同じで、飲む、打つ、買うの三拍子ときまっている。

が、ユリウスの耽《ふけ》っていた歓楽は、ますます多額の金を必要とし、さすがのユリウスも不足を感ずる身になった。ある時彼はいつも貰《もら》う額よりよけい父にねだった。父はその金を与えたが、同時に伜《せがれ》に口小言を言った。伜のほうは、自分の悪いことを痛感してはいたけれど、自分の非を認めるのがいやだったので、自己の罪過を知りながらそれを認めようとしない連中の例にたがわず、癇癪玉《かんしやくだま》を破裂させ、口汚《くちぎたな》く父に悪態を吐いた。父からせびり取った金は、瞬《また》く間に蕩尽された。しかも、その上さらに、ちょうどこの時分、ユリウスはふとした機会で、ぐでんぐでんに喰《くら》い酔った友だちと喧嘩《けんか》をして、とうとう人殺しをやってしまった。市長がこの一件を嗅《か》ぎ知って、ユリウスを監禁しようとしたけれども、父が八方奔走してくれて、かろうじて赦免になった。まさにこのころ、ユリウスは放蕩の面でいっそう巨額の金子が必要になった。で彼はじき返すからという約束で、或《あ》る友人に借金した。折も折、情婦が贈り物をねだりだした。真珠の頸飾《くびかざ》りがほしいというのである。しかも彼には、自分がもし女の要求を容《い》れなければ、女は自分に尻《しり》を向けて、かねて自分の手から女を奪い取ろうという下心のある富豪と、懇《ねんご》ろになるにちがいないことがわかっていた。そこでユリウスは母の所に行き、どうしてもこれこれの金が入用だ、それだけの金を耳を揃《そろ》えて調達してくださらないと、私は自殺してしまいます、と言ってのけた。

こんな境涯におちこんだことにたいして、ユリウスは自分を責めずに父を責めた。彼はこう言ったのである。——父は自分を贅沢三昧な生活に馴染《なじ》ませておきながら、あとになって金を惜しがりだした。最初から小言などせずに、あとで出してくれただけのものを清く出してくれたら、自分はちゃんと生活のきりもりをつけて、欠乏に駆り立てられずに済んだのだ。が、父のくれる金がいつも不十分だったので、自分はやむをえず高利貸の家の閾《しきい》を跨《また》いだ。そして彼ら高利貸に洗いざらい絞り取られたので、金持の坊っちゃんらしい生活に終始することができなくなり、友人たちの手前恥ずかしくてたまらない境涯になっているのだが、しかも父はこれらの事情を少しも悟ってくれようとしない。父は自分にも若い時代のあったことを忘れてしまい、わたしをこんな境涯に突き落してしまったのだ。もうこうなったら、こちらがねだるだけの金額をくれなかったら、自分は自殺してやる……

息子を甘やかしてきた母親は、父親の所へ行った。父は息子を呼びつけて、彼と母とを一緒にして叱《しか》りだした。息子は乱暴に口答えした。父は彼を殴りつけた。息子は父の両手を鷲掴《わしづか》みにした。父は奴隷たちを大声で呼び、彼らに命じて息子を縛り、固く一室に監禁させた。

一人になると、ユリウスは父を呪《のろ》い、自分の生活を呪った。自分か父の死ぬことが、現在の境地から脱却すべき唯一《ゆいいつ》の血路のように思われた。

ユリウスの母は彼よりもさらに苦しんだ。これらすべての問題ではいったい誰が悪いのか、彼女には判断がつかなかった。彼女はただただ愛するわが子を思って嘆き悲しんだ。彼女は夫のところに行き、許してやってくれと哀願した。が、夫は彼女の言葉に耳をかさず、お前が伜を堕落させたのだと言って、彼女を責めはじめた。彼女も夫に非難の言葉を浴びせた。そして結局、夫が妻をさんざんに打ち据《す》えるという一幕で終った。が、母親は自分が打擲《ちょうちゃく》されたことなどことともせずに、息子のもとへひき返し、早くお父さまの所へ行ってお赦《ゆる》しをいただき、お言葉に従うようにしておくれ、とかき口説いた。その代り、お父さまには内証で、あんたのお入用なだけのお金は、私からそっとあげますからね。――こう彼女は約束した。息子は承知した。そこで母は改めて、夫のところに行き、伜を赦してくれるよう哀願した。父は長いこと妻と息子とを罵《ののし》っていたが、ようやく赦してやろうという気になった。ただし、ユリウスが遊蕩三昧の生活を捨てて、父がかねがね伜の嫁に貰い受けようと約束しておいた、ある豪商の息女を娶《めと》ること、という条件付きだった。

「そうすれば、あれはわしから金を貰う上に、嫁の持参金も手に入れるようになるからのう」と父は言った。「その代り、そうなったら、ちゃんとした生活をはじめてもらわにゃ困る。とにかく、あれがわしの命ずるとおり実行しますと約束すれば、わしはあれを赦してやる。しかし、今はまだ何にもやるわけにはいかない。またちょっとでもよくない行為があったら最後、すぐに市長の手へ引き渡してしまう」

ユリウスはすべてに同意して赦してもらった。彼は今までの悪い生活をやめて、結婚すると誓った。が、そんな殊勝な考えは彼になかった。家庭における生活は、今や彼にとって地獄となった。父は彼と口をきかず、彼のことで絶えず母親といがみあった。母はいつも泣いていた。

翌日、母はユリウスを自分の居間に呼び入れて、一つの宝石をこっそり渡した。

それは彼女が夫のもとから盗み取って来たのだった。

「さァ、これを持って行って、お売りなさい、しかし、ここじゃなく、ほかの町へ行っておやりなさい。そしてしなければならぬことをしておしまいなさい。わたしが適当な時期の来るまで、宝石を売ったことを、うまく隠しておいてあげるからね。もし万一露見したら、奴隷の一人に罪をなすりつけてやるからかまやしません」

母の言葉はユリウスの心を動かした。ユリウスは母の所業に慄然《りつぜん》とし、出された宝石を受け取らずに、そのまま家をとび出した。どこに何しに行くのか、自分でもわからなかった。とにかく自分一人きりになって、自分の身に起ったいっさいの事柄や、自分を待っている今後のことを熟察しなければならぬ。——こういう気持に駆られながら、彼はぐんぐん前進して、とうとう町を出はずれてしまった。前へ前へとぐんぐん歩いているうちに、彼はついに町を出はずれて、女神ディアナ（原注　数多《あまた》の異教の女神の一人）の聖林へ入り込んだ。静かな人気のない場所へ入ると同時に、彼は考えに耽りはじめた。真っ先に頭に浮んだのは、女神に助けを乞《こ》うという考えだった。が、彼はもう神に対する信仰を失っていたので、神から助力を期待するわけにいかないことを知っていた。しかし、神に助けを求められぬとしたら、いったい誰にこれを求めたらいいのか？　自分で自分の境遇を熟察するのは、あまりに恐ろしすぎるように思われた。心にあるのは混沌《こんとん》と闇黒《あんこく》ばかりだった。しかし、ほかにどうすることもできなかった。良心に相談するよりほかに手がなかった。そこで彼は、良心の裁《さば》きの前で、自己の生活と行為とを詮議《せんぎ》しはじめた。すると、そのどちらもが劣悪な、何よりもまず、愚劣なものに見えてきた。いったい自分は何ゆえにこんなにも自分を苦しめてきたのか？　何のために自分の若き日をこんなにまで台なしにしてきたのだろう？　楽しいことは僅少《きんしょう》で、悲しみと不幸のみが多かった。何よりもいちばん悲惨なのは、自分で自分を孤独な存在と痛感しつつあった一事だ。前には愛してくれる母があった。父があった。親友さえも幾人かあった。が、今はそういう者が一人もない。誰一人彼を愛してくれる者はなかった。みんなにとって彼はもう、荷厄介な存在にすぎなくなった。今や彼はみんなの生活の邪魔者になりおおせた。母の場合には、父とのいさかいの原因になった。また父にとっては、父が一生苦労して貯蓄した富の浪費者となった。さらにまた親友たちにとっては、危険な不愉快な競争者となった。これらすべてのひとびとにとって、彼の死の願わしく思われたことは、むしろ当然と言わねばならない。

　自分の生活を検討してゆくうちに、ユリウスはパンフィリウスのこと、彼と最後にめぐり会った時のこと、パンフィリウスがキリストの教えを奉じている自分たちのもとへ来ないかと言ったことなどを思い出した。と、このままうちへ帰らないで、ここからすぐに彼らキリスト教徒のもとに行き、とどまって生活を共にしようという考えが、彼の脳裡《のうり》に湧《わ》き起った。しかし、はたして自分の現状はそんなにも絶望的なのだろうか？　こう思って、彼はまた自分の来し方のいっさいのことを回想しはじめた。とまたしても、誰一人自分を愛してくれる者がなく、自分もまた誰をも愛さなかったような気持がして、この事実が彼を慄然とさせた。母、父、親友たち――みんな自分を愛してくれず、自分の死ぬことを願っていたに相違ない。しかし、そういうこの俺《おれ》は、はたして誰かを愛していただろうか？　親友たちには、一人も愛を感じていないように思われた。彼らはみんな競争者で、自分が不幸に沈んでいる現在、冷酷無情な態度を示す連中のみだ。それなら父に対しては？　こう彼は自問した。この質問を発すると同時に、彼は自分の心を覗《のぞ》いて見て、恐怖にとらえられた。彼は父を愛していなかったのみならず、その圧制に対し、侮辱に対して、憎んでさえもいたのだった。そう、彼は憎んでいた。――いや、それどころか、彼ユリウスの身の幸福のために、父の死を必要としていたことが、はっきりとわかった。『そうだ』ユリウスは自問した。『自分の決行することを誰も絶対に見る者がなく、知る者がないとわかったら、そして同時に、一撃の下に父の命を奪い自分を自由にすることができるとしたら？』そしてユリウスは自答した。『そうだ、俺は父を殺したにちがいない』彼はこう答え、自分で自分にぞっとなった。『それなら母に対してはどうか？　そうだ、俺は母を気の毒に思う。しかし、母にも愛は感じていない。母がどうなろうと、俺にはそんなことはどうだっていいので、母の物質的援助が必要なだけなのだ……そうだ、俺は獣だ！　狩り出され追い詰められた野獣だ。ただ野獣と異なるのは、自己の意志によってこの虚偽に充《み》ちた邪悪な生活を脱却することができるという点だけだ。野獣のできないこと、つまり自殺ができるという一点しか違っていやしない。俺は父を憎んでいる。誰にも愛を感じない。母も親友も……ただパンフィリウスだけがちょっと違うような気がするだけだ……』

彼はまたパンフィリウスのことを思い出した。この友との最後の邂逅《かいこう》、あの時友の挙げた彼らの師キリストの『凡《すべ》て労する者・重荷を負う者、われに来《きた》れ、われ汝《なんじ》らを休ません……』という言葉を、彼は想起しはじめた。はたしてこれはほんとうだろうか？　彼は考察しはじめた。友パンフィリウスの恐れ憚《はばか》る色のない、喜悦に光り輝くような温顔が、しみじみと思い出されてきた。あの友に会い、声をききたくなった。パンフィリウスの言ったことを信じたい気持になった。ほんとうに、と彼はわれとわが心につぶやいた、いったい俺は何者だろう？　幸福を求める人間だ。俺はそれを地上の諸々の欲望のうちに求めて見出《みいだ》しえなかった。俺と同じような生き方に終始している人間は、みんな発見しえないのだ。みんな邪悪にひきゆがみ、みんな苦悩に濡《ぬ》れしょぼたれている。ところがここに、何物をも求めない結果常に幸福な人間がいる。僕のような人間は大勢いる。世界じゅうの人間がそのうちには、みんな僕たちのようになるだろう。君だって僕たちの師キリストの教えに従えば、そうした存在になれますよ。――こうあの友は言ったけれど、これが真実だったら、どうだろう？

真実か否《いな》か？――俺は真実に惹《ひ》きつけられる。とにかく行ってみよう。

ユリウスはこうわれとわが心に言って、聖林を抜け出し、ふたたび家へ戻るまいと決心して、キリストの教えを信ずるひとびとの住み暮す村に出かけて行った。

3

ユリウスは元気よく喜ばしげに歩を運んだ。そして、先へ進むにつれ、パンフィリウスの言ったすべてのことを思い出しながら彼らキリスト教徒の生活を生き生きと想像するにつれて、彼の心はますます喜びに充《み》ちてきた。

もう太陽が沈みかけていた。彼が一休みしようと思っていると、ふと道ばたで、休息がてら弁当をつかっている一人の男に出くわした。

利口そうな顔つきの中年者だった。彼は道ばたに腰をおろして、オリーヴの実《み》と揚物の菓子とを食べていた。ユリウスの姿が眼に入ると、男はにっこり笑って、こう言った。

「こんにちは、お若い方。まだまだ道は遠いですよ。ちょいと腰をおろして、一休みして行きなさい」

ユリウスは礼を言って腰をおろした。

「どこへ行きなさる？」見知らぬ男はこう訊《たず》ねた。

「キリスト教徒のもとへ参ります」ユリウスはこう答え、自分のこれまでの生活と今度の決心とを、逐一彼に物語った。

　見知らぬ男はじっと注意深く傾聴し、詳しいことをいろいろと根ほり葉ほり問いただしたが、自分の意見は述べなかった。だが、ユリウスが語り終ると、見知らぬ男は食べ残した食物を袋の中へしまい、着物のくずれを繕って、そして言った。

「お若い方、そんな計画は実行なさるな、あんたは迷いにおちておられるのだ。わしは世の中でものを知っているが、あんたはこれをご存じない。わしはキリスト教徒を知っているけれど、あんたはそれも知りなさらん。まァ聴きなされ、よいか、わしがあんたの生活と思想を、すっかり解きほぐして進ぜよう。あんたの生活や思想に対する解明の言葉をわしの口から聞いたなら、あんたはもっと正しく思われる解決法を取るようになられるだろう。あんたは若くて、金持で、そのとおり眉目《びもく》秀麗で、そして力に充ち満ちていなさる。――あんたの体内には情熱が煮えたぎっている。あんたは情熱に興奮させられたり情熱の結果に悩み悶《もだ》えたりすることのない、静かな波止場《はとば》を探し求めて、キリスト教徒のただ中に、そうした避難所を見出せるように思っていなさる。しかしお若い方、そんな場所はありやしません、なぜと言って、あんたを不安に駆り立てるものは、キリキヤにもローマにもあるのじゃなくて、あんた自身の内部に存しているのだからね。浮世はなれた静謐《せいひつ》な山村のひとり居でも、同じ情熱はあんたを悩まし苦しめるにちがいない。それどころか、百倍も猛烈に苦しめるだろう。キリスト教徒の欺瞞《ぎまん》や錯誤（わしはあの連中をくさしたくないから、言葉は改めたってかまやせぬが）どこにそれがあるかというと、ほかでもない、彼らが人間の本性を、認めようとしない点にあるのです。あの連中の教えの完全な実行者となりえるのは、情熱の泉のすっかり枯渇《こかつ》した老人のみだ。精力の漲《みなぎ》った人間、ことに世の中も自分自身もまだ知らぬあんたのような青年はなおのこと、あんな連中の掟《おきて》に従うことはできませぬ、何しろあの連中の掟なるものは、人間の本性を基礎とせず、彼らの教祖キリストのむなしい賢人ぶりを基礎としているのだからね。あんな連中のところへ行ったとて、あんたは現在の苦しみと同じ苦しみを繰り返すほか芸がない。しかもその苦しみの度がはるかに強烈になるばかりだ。そりゃ今のところ、あんたの情熱は誤った方向へあんたを誘《いざな》っている、しかし、ひとたび方向を誤った後でも、これを改めることはできますよ。それに現在のあんたは、とにかく解放された情熱、すなわち生の、満足を持っておられるからね、ところが、あの連中の中へ入ってごらん、無理に自分の情熱を抑圧したあげく、やっぱり現在と同一の、いやもっともっと猛烈な、迷いにおちるのが関の山だ。そしてさらに、こうした苦しみのほか、充たされざる人間的要求の絶えざる苦悩を、嘗《な》めさせられるにきまっています。水を堰《せき》から切って放せば、畑や草原や動物をうるおすけれど、これを堰き止めてごらん、水はたちどころに大地を穿《うが》ち、泥水となって奔出するでしょう。人間の情熱もまた同じことだ。彼らキリスト教徒の教え説くところは何であるかというと、(彼らが自らを慰むる具にしている信仰のことは、ここで取り上げて言わないとしても、だね）人生に対する彼らの教義を煎《せん》じつめると、要するに、暴力強制を認めない、戦争や裁判機構を認めない、私有財産を認めない、科学芸術その他人生を軽やかな楽しいものにするいっさいの要素を認めない、ということになるのです。

世の中の人間がみな彼らの思い描く教祖のような存在だったら、これは大いに結構なことかもしれません。しかし、ご承知のとおり、そんなことはありませんし、またあるはずがありません。人間は邪悪な存在で、もろもろの情熱のとりこです。こうした情熱の戯《たわむ》れとそこから発生する衝突が、世のひとびとを現在のような生活条件の下に繋《つな》ぎとめておくのです。野蛮人種（蛮族）は遠慮ということを少しも知りませぬ、したがって、世の中の人間がキリスト教徒のようにみんな従順になった日には、たった一人の蛮人が、自分の卑《いや》しい欲望の満足のために、世界じゅうの人間を全部滅ぼしてしまうかもしれませぬ。神々が人間に、憤怒《ふんぬ》や復讐《ふくしゅう》の感情から、憎悪《ぞうお》の気持まで賦与《ふよ》されたからには、取りも直さず、そうした感情が人間生活に必要欠くべからざる要素だから、それでそういうものを賦与なすったのだ、ということになります。そうした感情は邪悪な感情だ、そういう感情がなかったら、世人は幸福になり、人殺しや死刑や戦争なんてものが跡を絶つにいたるだろう。——こうキリスト教徒は教え説きます。これは正しい言説です。がしかし、こうした言説は、幸福になりたかったら食わずにいなければならぬと説くのと、選ぶところがありませぬ。実際、食うことをやめてしまったら、貪欲《どんよく》、饑餓《きが》、及びこれより生ずるあらゆる災害不幸は、跡を絶つにいたるでしょう。しかしながら、ご承知でもありましょうが、こんな仮定は人間の本性を変ええないにきまっていますからね。よしんば二、三十人の人間がそれを信じて、文字通り食を摂《と》らずに餓死したところで、そんなものは人間の本性を変える力を持ちませぬ。その他の情熱の場合だって同じことです。忿懣《ふんまん》・憎悪・復讐の感情、さらに女や贅沢物《ぜいたくぶつ》や栄光や偉大さなどを愛好する気持などさえ、みんな神々に本有のものですから、したがってわれわれ人間にとっても、不変の特質になるわけだ。食物の摂取を廃絶すれば、人間は間もなく死んでしまう。それと全く同じことで、人間に本有のもろもろの情熱を、煩悩《ぼんのう》を、否定すれば、人類も滅亡するにきまっております。キリスト教徒が否定しているように見受けられる『私有』なるものに関しても、全く同じことです。まァひとつ、自分の周囲を観察してごらん。葡萄園《ぶどうえん》、垣根《かきね》、家屋、驢馬《ろば》——これらのひとつひとつがいずれも皆、私有という条件の下に、はじめて人間の手でつくり出されたものなのです。所有権を否定したが最後、葡萄畑はただ一カ所も掘り起されず、一匹の家畜さえ飼育されなくなるでしょう。自分たちには私有財産はないなどと、キリスト教徒は断言するけれど、しかし彼らもそこからあがる物質を享受《きょうじゅ》していることに変りはない。われわれはすべての物資を共有にし、みんなで共同に使っている。——彼らはまたこうも言います。しかしながら、彼らが共同で携行するもの、それはつまり、彼らが私有財産を擁する人たちから、貰《もら》い受けたものにほかなりませぬ。つまり彼らは世人を欺《あざむ》いているにすぎませぬ。まァ大まけにまけてやっても、自分を瞞着しているんですよ。あの連中は自分の口を糊《のり》するために営々と自ら働いている。こうあんたは言いなさるかしれんけれども、しかし、彼らが自分の働きによって得るものは、彼らの口を糊するに足らず、私有財産を認めるひとびとの作った物資を、享受しているというしまつです。よしまたかりに百歩を譲って、彼らが自らの口を糊することができたとしても、それはもう、ほんの生活をささえてゆくことができるというだけで、彼らの社会には、学問も芸術も、座席を持ちえないでしょう。彼らはわれわれの学問や芸術の益を認めません。また実際、彼らには、それよりほかに生き方はないのです。彼らは教義全体が人間を原始の状態——野蛮な動物の状態——に逆戻りさせることを専一にしているのですからねえ。彼らはもろもろの学問や芸術によって人類に奉仕することができず、これを知らないものだからして、のっけから否定してかかるのですよ。彼らは人間の特性をなし人間を神々の座に近づける働きをなすもろもろの才能によって、人類に仕えることができません。彼らの社会では神殿も、彫像も、劇場も、博物館も、出現しないでしょう。そんなものは不必要だ。こう彼らは言っています。自己の低劣卑賤《ひせん》を恥じずにいられる最も手軽な方法は、崇高なもの高遠なものを、のっけから否定するの一手ですからねえ。で彼らもその一手を用いているのです。彼らの教祖は無学文盲のペテン師です。そして彼らはその真似《まね》をしているだけです。のみならず、彼らは無神論者だ。彼らは神々の存在を認めず、人間に対して神々がお手をお染めになることをも認めない。彼らにとっては、彼らが自分たちの父と呼んでいるところの、彼らの師匠の父なる存在と、それから自分たちに人生のあらゆる神秘を啓示してくれたと彼らの解する師匠その人と、この両者が存するだけなのだ。彼らの教義は実に悲惨な欺瞞にほかならない。どうかこの一事を理解してください。世界は神々によって維持せられ、神々は人間を庇護《ひご》している。——こうわれわれの教義は教え説きます。——だから、善なる生活を送ろうと思ったら、われわれは神々を敬い、自ら考え、かつ探求しなければならぬ。ゆえに、われわれのこの人生に指導者の役目を演ずるのは、一面においては神々の意志であり、他の一面においては全人類のうって一丸とされた霊知だということになる。われわれは生き、考え、探求する、ゆえに真理に向って歩一歩前進する。ところが、彼らキリスト教徒には、神々もなければ、神々の意志もなく、人類の霊知もありませぬ。あるのはただ磔《はりつけ》にされた自分たちの師匠と、その師匠の言ったあらゆる言葉とに対する、盲目的な信仰ばかりなのです。どうかひとつどっちの指導者のほうがたよりになるか、秤《はかり》にかけてみてください。神々の意志と全人類の霊知をうって一丸とした自由な活動か、あるいはまた、一人の人間の言説に対する強制的な盲信のほうがたよりになるかをね」

ユリウスは見知らぬ男の長談義、特にその最後の数語に、ひどく打たれた。キリスト教徒のもとへ行こうという自分の企てが、動揺を生じたのみならず、今の彼には、数々の不平に圧《お》しひしがれてよくもそんな気違いじみた決心をすることができたものだ、とむしろ不思議に思われた。けれども彼には、現在の自分がいったいどうしたらいいのか、現在自分が陥っているこの苦境から、どうしたら脱却できるかという、疑問が依然として残っていた。そこで彼は、自分の境遇を説明して、それに対する見知らぬ男の意見を訊《たず》ねた。

「わしも今ちょうどそのことを言おうと思っていたところです」と、見知らぬ男は語を継いだ。

「あんたはこれからどうしたらよろしいか？　あんたの進路は、人知の及ぶかぎり、わしにはちゃんとわかっている。すべてあんたの不幸は、人間の本有のもろもろの情熱から発しているのです。情熱があんたを誘惑して、ぐんぐん深入りさせてしまった、そのためです、あんたが悩み悶《もだ》えておられるのは。これはこの世にざらにある教訓です。あんたはこの教訓を善用しなければなりません。あんたはいろんな経験を嘗め味わい、もう今では酸《す》いも甘いも知っていなさる。もう二度と同じ過《あやま》ちを繰り返すこともないでしょう。自分の経験を利用しなさい。何よりもあんたを嘆き悲しませているのは父親に敵対する気持だが、そうした敵対の気持はあんたの現在の境遇から湧《わ》き起ったのだから、境遇をあらためてみなさい、そうすれば、そうした敵対の気持は消滅するか、でなければ、少なくとももう病的に首を擡《もた》げることはなくなるでしょう。

あんたのすべての不幸は、あんたの境遇が正しくないことから発生したのです。あんたは青春の歓楽にうつつをぬかした。がこれは自然の現象だから、べつに何でもありはしない。年に相応している間は、それで何でもなかったのだ。が、時は流れた。しかもあんたは一人前の男の力を具備しながら、青春のあらくれに身をまかせた。だから芳《かん》ばしくなくなったのです。あんたはもう一人前の男子になり、押しも押されもしない天下の公民として国に仕え、公益に向って奮闘努力すべきときに際会されたのです。父上が妻帯せよと言わるるとか、至極もっともなことと言わねばなりませぬ。あんたは人生の一つの時期――青春時代――を通過して、第二の時期に入られたのです。あんたの不安焦躁《しょうそう》はすべて、過渡期の徴候にほかなりませぬ。青春時代の去ったことを自覚し、青年に限られた特性であって大人の特性ではないいっさいの分子を勇敢にかなぐり捨てて、新しい進路へ踏み出しなさい。青春の悦楽を捨てて、結婚なさい。そして商業や、社会事業や、学問芸術などに従事なさい。そうすれば、あんたの父上や友人たちと和睦《わぼく》することになるのみならず、平安と喜悦を発見なさるにちがいない。あんたを不安焦躁に駆り立てた主要分子は、あんたの境遇の不自然ということだ、あんたはもう押しも押されもしない男一匹になったのだから、結婚生活に入って、夫にならなければなりませぬ。そこでわしがあんたに発する第一の忠告は、父上の希望に従って、結婚なさいということだ。あんたがキリスト教徒の間で発見しようと思っているような孤独な境地に惹《ひ》きつけられるんだったら、つまり、この、実社会の生活にではなく、哲学の分野に惹さつけられるのだったら、そうした方面の活動に身を委《ゆだ》ねて世を益することもできるはずだ、ただしそれは、あんたがほんとうの意味で人生なるものを知りつくした暁ではあるけれど……が、それを知るにはどうしても、独立の市民、一家の主人とならなければなりませぬ。もしその後になっても、なお孤独の境地へ惹きつけられるようだったら、そうした生活に身をまかせなさい。その時にはもう、それは現在のような不満の爆発でなく、ほんとうの内的欲求となるでしょうからね。その時には敢然としてお進みなさい」

最後の数語がもっとも強くユリウスを説伏した。ユリウスは見知らぬ男に礼を言って、家へ帰った。母は喜んで彼を迎えた。父も、伜《せがれ》が自分の意志に従って、自分の見立てた娘を妻に貰い受ける気になったことを知って、彼と和解した。

4

三カ月後、ユリウスとエウラーリヤという美女との結婚式が挙行された。ユリウスはその生活ぶりを一変して、新妻と共に別に一戸を構えて、そこに起居し、父にまかされた商業の一部を親しく自分でやることにした。

ある日商用で近くの町へ出かけて行き、さる商人の店先に腰かけていると、旧友パンフィリウスが、見知らぬ一人の娘と共に、表を通って行く姿を認めた。彼ら二人は、重そうな葡萄《ぶどう》の荷を持って、それを売り歩いているのだった。ユリウスは旧友の姿を見つけると、つかつかとそのそばへ近寄って、店の中へ入って少し語りあおうと言ってすすめた。

連れの娘は、パンフィリウスが旧友と同行したく思いながら、彼女一人を置いてけぼりにするのをためらっているのを認めると、すぐに横合から口を出して、わたしはあなたがいらっしゃらなくても大丈夫、一人で葡萄籠《かご》を持って、買手を待っておりますと言った。

パンフィリウスは彼女に礼を述べ、ユリウスと連れ立って店先へ入った。店先へ入ると同時にユリウスは、日ごろ懇意にしている主人に向って、旧友と一緒なんだが奥へ入らせてくださいと頼み、許しを得たので、パンフィリウスと連れ立って、奥のひと間へ通った。

二人の友は互いに相手の生活状態を訊《たず》ねあった。

パンフィリウスの生活は、最後に会った時からこのかた、べつに変っていなかった。相変らずキリスト教の共同生活を続け、今なお無妻で、僕の生活は年々歳々、日々夜々、刻一刻、ますます法悦の色を濃くしますと、友に断言するのだった。

ユリウスも身に起ったすべてのことを友に語り、自分がもう少しでキリスト教徒の仲間入りをしようとしたこと、その途中で見知らぬ男にめぐりあい、彼にひき止められたこと、見知らぬ男が自分に向ってキリスト教徒の迷妄《めいもう》を説明し、お前のいちばん大切な義務は結婚だと説いたこと、そして自分がその勧告に従って妻帯したことなどを、逐一話した。

「なるほどね、それでどうです、君は現在幸福ですか?」とパンフィリウスは訊ねた。「その見知らぬ人物が君に約束したものを、君は結婚生活に発見しましたか?」「幸福か、というんですか?」ユリウスは言った。「幸福だというのは、いったいどういうことを指すのだろう? 幸福という言葉が自己のもろもろの欲望の完全な充足を意味するのなら、無論僕は幸福でなんかありません。まァさしあたり僕は自分の商売のほうを、相当の成績をあげながらやっており、世間の連中も僕を尊敬するようになってきたので、この方面ではどちらにもある程度の満足を見出《みいだ》していますす。そりゃまァ、僕なんかより富も名誉もまさった連中だって、ざらにあることはありますがね、しかし僕はそのうちに、そうした連中と肩を並べるのみならず、追い越すことさえきっとできると見越している。したがって、この方面では僕の生活もまァ充実していますがね、しかし、結婚生活のほうは、正直に言うけれど、僕を満足させませんでした。いや、それどころか、僕はさらに一歩を進めて言うけれど、僕に喜びをもたらすはずの結婚生活なるものが、そういうものを与えてくれず、結婚の当座味わった喜びも、だんだんに少なくなって、とうとうすっかり無くなってしまい、結婚生活の喜びのあったところに、悲しみが芽を吹き出してきたのを感じるんです。妻は美人で、利口で、学問があって、おまけに性質が善良です。で、結婚した当座は、僕もすっかり幸福でした。しかし、今ではもう、（君は細君を持った経験がないから、この間の消息はおわかりにならないだろうが）、われわれ夫婦の間には、私が無関心な気分の時に妻のほうでこちらの愛撫《あいぶ》を求めたり、またその逆を行なったりすることが原因で、時々不和になることがあるんです。いや、そればかりではありません。肉の愛にはどうしても『新味』ってやつが必要です。僕の妻なんかよりはるかに魅力の乏しい女でも、はじめははるかに強く僕を惹《ひ》きつけます。が、日を経るに従って、家内より魅力の乏しくなることは言うまでもありません。僕はすでにそれを経験したしだいです。とにかくだめだ、僕は結婚生活に満足を見出すことができませんでした。ねえ、君」こうユリウスは身の上話に結びをつけた。「全く哲学者の言や正し、です。この世の生活は霊の渇望《かつぼう》するものを与えてくれません。僕はそれを結婚生活で経験しました。しかし、この世の生活が霊の渇望する幸福を与えてくれないっていうことは、君たちの欺瞞《ぎまん》が幸福を与えてくれるっていう、証拠にはべつにならないからね」とにこにこしながらユリウスは付言した。

「どういう点に、いったい君は、僕たちの欺瞞を見るんです?」こうパンフィリウスは訊ねた。

「ほかでもないが、君たちは、人生のもろもろの出来事にまつわる災厄不幸から人間を脱却させるために、あらゆる人生の出来事を——人生そのものを——否定している。そこに諸君の欺瞞がある。諸君は幻滅を避ける目的で、魅惑を否定する。結婚そのものさえ、否定するんだからね」

「われわれは結婚を否定なんかしやしません」とパンフィリウスは言った。

「結婚を否定しないとしても、少なくとも愛を否定しています」

「正反対です。われわれはむしろ愛以外のすべてを否定するのです。愛はわれわれにとって、いっさいの根底をなすんですよ」

「僕には君の気持がわからない」とユリウスは言った。「他の諸君や君から聞いた範囲で判断してみても、またわれわれが同年輩であるにもかかわらず、君が未《いま》だに妻帯されないところからいっても、すべての点から僕はあえて断定するが、君たちの間には結婚なるものは行われないのですね。君たちはすでに成立している結婚生活は続けるけれど、新たに結婚生活に入るということはしない。君たちは人類の存続などという問題に対しては配慮しない。いや全く、諸君のような連中ばかりだったら、人類はとうの昔に跡を絶ってしまったにちがいない」とユリウスは言った、すでに何度も人から聞いたことの繰り返しをやりながら。

「いや、それは正しくない」とパンフィリウスは言った。「たしかに、われわれは人類の存続なんてことを自分の目的としていないし、また君たちのほうの賢者と言われる人たちからすでに何度も聞かされたとおり、そんな問題に対しては僕らはあまり心を煩《わずら》わさない。これはほんとうです。そういう問題に関してはわれわれの父が十分ご配慮なさるので、われわれの目的は父の意志に添うような生き方をするということ、ただこの一事に存するのだと、われわれはそう考えております。人類の存続ということが父の御意《みこころ》であるならば、人類は存続するだろうし、そうでなければ滅亡するでしょう。それはわれわれの心を労すべき問題じゃない。われわれが配慮しなければならないのは、父の意志に従って生きるということです。しかも父の意志はわれわれの本性にも、かの福音書にも表現されています。夫は妻と結びつき、二体ならで一体となるべし、という意味のことが、ちゃんと福音書には言われてあるのです。結婚はわれわれの間で禁止されていないどころか、むしろ長老や教師たちが奨励しているくらいです。が、われわれのほうの結婚と君たちのほうのそれとは相違している。それはどういう点かというと、われわれのほうの掟《おきて》はわれわれに、情欲の眼で女を見ることを、すべて罪悪だと教えている、ここが相違しているんですよ。だからわれわれも、われわれと信仰を同じゅうする婦人のかたがたも、自分のからだを美しく飾りたてて、劣情を挑発するなんてことをせずに、できるだけそうした欲望を遠ざけるように努力し、われわれ男女の間の愛情が、兄弟姉妹間のそれのようになって、諸君が恋と名づけているような、一人の女に対する欲情よりも、熾烈《しれつ》になるように心がけているのです」

「しかし、諸君といえどもやはり、美に対する感情を、もみ潰《つぶ》すことはできないでしょう?」とユリウスは言った。「たとえば、今君が一緒に葡萄《ぶどう》の籠《かご》を運んで来たあの美しい娘さんですね、あの娘さんはあんな質素な服装をして、自分の魅力を隠してはいるけれど、しかし君の内部に、一人の女に対する愛情を呼び起すにちがいないと、僕は確信しています」

「さァ、僕にはまだわかりませんね」と、さっと赧《あか》い顔をして、パンフィリウスは言った。「僕はまだあの娘さんの美しさなんてことを、念頭においたことがありませんでした。僕にそんなことを言ったのは君がはじめてです。あの娘さんは僕にとって、まァ妹のようなものだ。ただそれだけです。しかし、それはそれとして、われわれのほうの結婚と君たちのほうのそれとの差異について、君にお話ししかけたことをもう少し続けましょう。――

その差異は、まず第一に、こういうところから起ってきます。ほかでもないが、君たちのほうでは、情欲が美とか恋とか女神ヴィーナスへの奉仕といった名称で、支持され鼓吹されているけれど、われわれのほうでは全くそれと正反対で、情欲なるものは、悪ではないが、(神が悪をお創《つく》りになるはずはありませんからね)――所を得ない場合には悪となることのある、――われわれはそれを誘惑と名づけておりますが、そういう善と考えられているんですからね。で、われわれはあらゆる手段によってこれを避けようとしているのです。僕が今日まで妻帯しないのは、全くそのためにほかなりません、もっとも、明日にも結婚しないとはかぎりませんがね」

「しかし、それを決定するのは何物なんです？」

「神の意志ですよ」

「何によってそれが神意だとわかるんです？」

「絶対に求めることをしなければ、神意の指示なんてものは絶対に発見できないでしょう。が、絶えず求めていれば、はっきりとわかるようになりますよ、ほら、例の生贄《いけにえ》や空飛ぶ鳥による占いが、諸君にとって明瞭《めいりょう》なようにですね。君たちの間にも賢人と言われる先生方があって、自分の叡知《えいち》や生贄の内臓や空行く鳥の飛び具合によって、神々の意志を諸君のために説いておるが、それと同じくわれわれの間にも、長老と言われる賢人があって、キリストの啓示によって、また自己の心と他人の思想の研究によって、さらにまた、これがいちばん肝腎《かんじん》なのだが、他人に対する愛によって、われわれに父の意志を説きあかしてくれるのです」

「しかし、それではどうも、あんまりあやふやじゃありませんか」とユリウスは反《はん》駁《ばく》した。「たとえば君の場合にしてからが、いつ誰と結婚しなければならないかということを、いったい何物が君に教示するのです？　僕が結婚問題に逢着《ほうちゃく》した時分には、候補者として三人の娘があげられていました。この三人はいずれも富裕な家庭の息女で、かつ美人なところから、大勢の中から選び出されたのでしてね、したがって、その中のどの娘に白羽の矢を立てても、父に異存はないのでした。ところが僕は、この三人の中から、エウラーリヤを選び出しました。その訳は、この女がいちばん美しく、また私には他の誰よりも魅力があったからです。これはもうわかりきった話です。が、君のほうは、そうした選択の場合、いったい何が標準になるんです？」

「君のその質問にお答えするために」とパンフィリウスは言った。「僕は何を措《お》いても真っ先に、こういうことを言わなければなりません。ほかでもありませんが、われわれの奉ずる教えから行きますと、天なる父の前では万人平等なのだから、われわれの前に立った場合にだって、その身分からいってもまた精神上及び肉体上の特質からいっても、同じく平等なのです。したがって、われわれの選択は（われわれにとって理解しがたいこの言葉をかりに使用するならば、ですね）何物にも局限されるはずはありません。生きとし生けるすべての男女が、キリスト教徒の妻となり夫となることができるのです」

「それだとなおのこと決定が至難なわけですね」とユリウスは言った。

「キリスト教徒の結婚と異教徒のそれとの間に存する差異について、われわれの長老が私に話してくださったことを、そっくりそのまま、君におきかせいたしましょう。

　異教徒の諸君はすべて、君のように、自分と、個人としての自分に、最も多く快楽を与えると思える女を選び出す。しかし、そうした条件下では、眼移りがして、決定するのに骨が折れます、まして快楽を得る得ないは、結婚後でないとわからないのだから、なおさらです。が、キリスト教徒には、そういう自己のための選択なんてものはありません。と言っては、語弊があるかしれませんが、とにかく、自己本位の選択、自己の個人的快楽のための選択は、よしんばあっても首位を占めず、二のつぎ三のつぎになっているしだいです。われらキリスト教徒にとっては、自分の結婚によって神意を犯すことのないようにしようという、そこが肝腎の点なんです」

「しかし、神意を犯すなんてことが、いったい結婚のどこにありえるでしょう?」

「ほら、昔君と二人でホーマーのイリヤードを読んで、さかんにあれを勉強したことがありましたね。僕のほうは忘れたってべつに不思議はないわけだが、賢人や詩人の間に毎日を送り迎えている君にとっては、あれは忘れることができないはずだ。ところであのイリヤードだが、あの全編はいったい何を意味しているでしょう？ほかでもない、あれは結婚に対する神意を犯す物語です。メネラスも、パリスも、ヘレンも、アキレスも、アガメムノンも、クリサイスも、——みんなこの違背から起った恐ろしい災厄不幸の描写です。しかもこうした災厄不幸は、今もなおこの種の違背から発生しているんですからねえ」

「いったいどういう点が神意への違背だというんです？」

「それはほかでもありません、男が女を自分と同じ一個の『人』として愛するのではなく、彼女との肉体的接触から受ける自己の快楽を愛する結果、自己の快楽のために結婚する。ここに神意への違背があるんです。キリスト教徒の結婚は、その人に万人に対する愛がある場合、そして肉的な愛の対象がいち早く、人間に対する人間の兄弟愛の対象に変った場合、そうした場合にのみ可能なのです。家屋を合理的に堅牢《けんろう》に建てることができるのは、基礎工事がしっかりできあがっている場合に限ります。また描くべきカンバスがちゃんと用意されていなければ、絵を描くことはできません。これと全く同じ理屈で、肉の愛も、人間同士の尊敬と愛とが根底となる時に、はじめて正しい、合理的な、牢固たるものになります。合理的なキリスト教的家庭生活は、かかる基礎の上でなければ樹立され得ないのです」

「しかし、お言葉ではあるが、やはりどうも、僕には呑《の》みこめませんねえ、どうしてそういう、君のいわゆるキリスト教的結婚が、ですね」とユリウスは言った。「どうしてそういう結婚が、かのパリスの経験したような、一人の女に対する愛を排除するんです?」

「キリスト教的結婚が一人の女に対するすべてを打ちこむ集中的な愛を許容しないなんて、僕は決してそんな言説を弄《ろう》するものではありません。事実はむしろ反対で、そうした愛がある場合に、われらの結婚ははじめて合理的な神聖なものになるのです。が、しかしながら、一人の女性に対するそうしたすべてをうち込んだ絶対的な愛なるものは、その前からすでに存在する万人に対する博愛が、犯されない場合にのみ、芽生え出ることができるのです。それ自身美しいものと認められて、多くの詩人に謳歌《おうか》されている愛情、――一人の女に対する特定の愛情は、それが万人への愛に基づいていないかぎり、愛と呼ばれる権利を持っておりません。そんなのは獣欲で、きわめてしばしば憎悪《ぞうお》に豹変《ひょうへん》する代物《しろもの》です。こうしたいわゆる愛、――エロスなるもの――は、万人に対する兄弟的な愛を基礎としなければ、禽獣《きんじゅう》の行為に堕してしまいます。愛しているような顔をしつつ、女に暴力強制を揮《ふる》い、苦悩に駆り立て、彼女の一生を滅茶苦茶《めちゃくちゃ》にしてしまう、そうした場合の女に対する男の暴虐《ぼうぎゃく》が、手っ取り早いその実例です。自分の愛する者を苦しめるかぎり、そうした暴力的行為の中に、人間に対する愛情が欠如していることは明らかです。しかも、非キリスト教的結婚には、しばしば隠れたる暴行が付随します。自分を愛していない娘、もしくは他の男を愛している娘を娶《めと》った男が、自分の愛欲さえ満足させればよいというわけで、彼女を苦悩に駆り立てながら、ふびんと思わない場合なぞ、まさにそれです」

「なるほどね、ではまァかりに、それはそうとしておきましょう」とユリウスは言った。「が、しかしですね、しかし、相手の娘がその男を愛している場合には、何も不義不正はないってことになりますね。したがって、キリスト教徒の結婚と異教徒のそれとの間には、べつに差異は認められないじゃありませんか」

「君の結婚に関しては詳しい事情を知りませんがね」パンフィリウスは答えた。

「しかし、僕もこれだけは知っているが、自分一個の幸福を土台にした結婚はみな、不和の原因たらざるをえません。他をかえりみずにがつがつと食物を摂取すると、動物や、動物とあまり差異のない人間の間では、それが喧嘩《けんか》や摑《つか》み合いの種にならざるをえませんが、まァあれと同じですね。誰だっておいしい部分を食べたいのだが、そういう部分はみんなに行き渡りませんから、喧嘩が起るっていうわけです。露骨な争いはないとしても、隠れた争いが生じます。弱者はおいしい部分を食べたいけれど、強者のよこさないことを知っています。そして、真正面からぶつかって行って奪取する力のないことを知りながらも、そういう弱者は、陰にこもった羨望《せんぼう》と憎悪の眼で強者を眺《なが》め、それをせしめ取るに都合のいい機会がありしだい、ただちにそれに乗じます。異教徒の結婚に関しても同じことが言われます。いや、さらに二倍も三倍もよろしくない。何しろ羨望の対象が人間で、夫婦間にも憎悪が芽生えるわけですからね」

「しかし、夫婦が自分たち二人以外の誰をも愛さないようになるなんて、それはできない相談ですからね。いかなる場合にも常に、どちらかが一方的に愛するような、男や女が出て来るのです。と、こういう場合には、君たちの教義から行くと、結婚は不可能ってわけなんだね。なるほどね、それではじめてよめたけれど、君たちがまったく結婚しないという噂《うわさ》は、どうしてもほんとうらしいですね。君は結婚していないし、またおそらく今後も結婚すまいと思うけれど、それもやはりこうした関係からなんだね。しかし、一度もほかの女性の胸に自分に対する愛情を起させることなしに、男性が一人の女と結婚するとか、もしくは、妙齢の娘さんが、男子の気をそそり立てずに成熟するまでおしとおすなんてことが、はたしてありえるでしょうか？　たとえば、あのイリヤードのヘレンですね、彼女はいったいどんな行動を取るべきだったでしょう？」

「キリルス長老はその問題について、こんなふうに言っておられます。異教徒の世界では、ひとびとは兄弟たちに対する愛なども考えず、そういう感情を育ててあげずに、女に対する肉体的な愛情を自己の内部に目醒《めざ》めさせようと、ただこの一事に専念し、そして自己の内部にそうした情熱を育てあげている。したがって、彼らの世界では、ヘレンとかそれに類するすべての女が、多くの男性の愛欲をそそりたてる。ライバルたちは互いに相争い、ちょうど動物の雄どもが、一匹の雌を得ようとする場合よろしく、一足お先に失敬しようと努力する。したがって、大小強弱の差こそあれ、彼らの結婚はいずれも争闘と暴行の二重奏だ。が、わが共同体にあっては、われわれは自分一個の美的享楽《きょうらく》なんてことを考えないばかりでなく、そうした享楽に導くあらゆる誘惑、(異教徒の世界で厳粛な価値あるものとして祭り上げられ、尊崇の的となっている、そうしたもろもろの誘惑をですね)――そういうすべての誘惑を、むしろ回避するのです。われわれはこれと正反対で、ただひたすらに、すべての隣人に対する尊敬と愛との義務について専念します。そしてわれわれは、絶世の美に対しても、稀代《きたい》の醜に対しても、万人に対して平等に、そうした義務を有しているのです。われわれは全力を傾注してこの感情をはぐくみ育てている。したがって、われわれの内部では、万人愛の感情が美の誘惑にうち勝って、これを征服し、性的関係から生ずる不和が、根絶されているのです。

キリスト教徒は、相互に牽引《けんいん》を感じあっている婦人との結合が、誰にも悲嘆の原因とならない場合にのみ、結婚するのです。いや、それどころか、キリルス長老は、キリスト教徒はある婦人と自分の一心同体にあることが、誰にも悲嘆とならない場合でなければ、その女に牽引を感じないとまで極言しておられます」

「しかし、はたしてそんなことが可能でしょうかねえ?」とユリウスは反駁した。

「ぐいぐい惹《ひ》きつけられる気持を抑制するなんて、はたしてそんなことができるでしょうか?」

「そりゃ無論、そんな気持を自由にのさばらせたら、不可能にきまってますがね、しかし、これを目醒めさせないよう、むくむくと鎌首《かまくび》を持ちあげさせないように、抑制することはできますよ。父と娘、母と息子、兄と妹ないし姉と弟、等々の関係を例にとって考えてごらんなさい。母は息子にとって、娘は父にとって、姉や妹は弟や兄にとって、たとえどんなに美しくとも、個人的満足の対象にはなりません。愛の対象になりうるのみです。したがって、情感が目をさますなんてことはありません。そうした情感が目をさますのは、父親について言おうなら、今まで娘だと思っていたものが娘でないとわかった時に限られているでしょう。息子対母、兄や弟対妹や姉の場合も同じことです。しかも、そういう場合でさえ、そうした感情はきわめて微弱でおとなしいはずだから、当事者はこれを抑圧することができるにちがいありません。肉感だってきわめて軽微にちがいありません、なぜというに、母・息子・姉などに対する愛情が、根底に横たわっているからです。人間の内部には、すべての女性に対して、母や娘や姉や妹に対する感情と同じような感情が、はぐくまれ、樹立されうるものだということ、そしてこの感情を土台にして、性愛の感情が成長しうるのだということを、どうして君は信じようとしないのです？　今まで妹と思っていた女が妹でないことを知った時に、兄は、はじめて彼女に対して、一個の女性に対する愛情の自己の内部に湧《わ》き起ることを許します。これと全く同じことで、キリスト教徒もまた、自分の愛情が誰をも悲しませないと感じた場合に、はじめてそうした感情が心中に湧き起ることを許すのです」

「なるほどね。しかし、二人の男が一人の娘に惚《ほ》れた場合には、どうします？」

「そういう場合は、一方が他方の幸福のために、自分の幸福を犠牲にします」

「しかし、その娘が二人の男性の中のどちらかを愛した場合はどうします？」

「無論そんな場合には、娘に思われている度合の少ないほうの男が、彼女の幸福のために、自分の感情を犠牲にします」

「なるほどね。しかし、それじゃなんですね、娘が二人を愛しており、二人とも自己を犠牲にする場合は、――その娘は誰とも結婚しないことになるわけですね？」

「いいえ、そういう場合には、年長のひとびとが事件を裁《さば》いて、皆が最大の愛に終始しつつ最大の幸福を恵まれるように、しかるべく助言してくれます」

「しかし、君も知ってのとおり、事実そんなことは行われていませんからね。人間の本性に反するからですよ、そんなことの行われないのは」

「人間の本性に反するですって？　人間の本性とはそも何ですか？　人間は動物的存在である以外に、さらに人間でもあるんです。したがって、女に対するそうした態度が、人間の動物的本性に一致しないことは事実だが、しかし、人間の理性に照らされた本性には、これはぴったりと合致します。したがって、われわれが動物的本性に奉仕するために理性を駆使するようなことがあったら、動物にも劣る存在になります。強姦《ごうかん》や近親相姦にまで堕落してしまいます。——つまり、どんな獣も行わないようなことを演ずることになります。が、理性に貫かれて自己の本性を、動物的本性の抑圧に行使し、動物的本性を理性に仕えさせるようにしたら、その時はじめて、自分を満足させるような、真の幸福を獲得することになるのです」

5

「ところで、君自身のことをひとつきかせてくれたまえ」とユリウスは言った。

「拝見すると、君はああいう美人と連れ立っているし、お見受けするところ、あの娘さんといい仲のようだけれど、ほんとに君は彼女の夫になりたいという気持をいだかないのかね？」

「そんな考えをいだいたことはありませんね」とパンフィリウスは答えた。「あれはキリスト教を奉ずる未亡人の娘さんです。で、僕も他の諸君と同じように、あの母子《おやこ》に奉仕しているんです。娘さんに対しても、お母さんに対しても、同じように奉仕して、平等に二人を愛しております。

ところで君は、お前はあの娘さんを愛し、早晩一緒になる気でいるんじゃないか、とこう僕に質問された。

このご質問は僕にとって、実は非常に苦しいんです。しかし、端的にお答えしましょう。そういう考えが脳裡《のうり》に湧《わ》き起ったことがあるにはあります。が、あの娘さんを愛している青年が一人あるんで、僕はまだこの問題を煎《せん》じ詰めて考える勇気がないんです。その青年もキリスト教徒で、われわれ二人を愛しています。だから僕は、この青年を悲観させるような行動に出ることができないんです。僕はこの問題を考えずに暮していますよ。僕の求めるものはただ一つ——万人愛の掟《おきて》の実践あるのみです。必要欠くべからざる唯一事はすなわちこれだ。ですから僕は、真にその必要ありと見る時でなければ、結婚はしないつもりです」

「しかし、先方のお母さんのほうからいったら、善良にして勤勉なお聟《むこ》さんを貰《もら》うという問題は、どう転《ころ》んでもいいっていうわけにはゆかないでしょう。先方のお母さんはほかの青年じゃなく、君を希望するでしょう」

「いや、先方のお母さんにとってはまったく同じことなのです。何しろあのお母さんは、ひとり僕だけでなく、われわれみんなが、他のすべてのひとびとに対すると同様に、自分によく尽す心構えでいてくれることを、ちゃんと知っていますからね。また僕は、あの娘さんの夫になっても、ならなくても、あの女《ひと》のお母さんに奉仕する上に増減はありません。こうした状態から娘との結婚という結果が生ずれば、僕はむろん喜んでこれを受けいれます、ほかの男性とあの娘さんとの結婚を、受けいれる場合と同じに、ですね」

「そんなばかなことがあるもんですか！」とユリウスは叫ぶように言った。「それがいけない、君たちの自己欺瞞《ぎまん》、それが君たちの恐ろしいところだ！　おまけに諸君はそういう生き方で、他のひとびとをも欺《あざむ》いているんですからねえ！　いや、あの見知らぬ人物は君たちのことを、いみじくも喝破《かっぱ》したもんだ。君の弁舌を拝聴していると、僕は君の描き出す生活の美しさに知らず識《し》らず魅せられてしまうけれど、しかし、じっと考察するにつれて、すべて欺瞞にほかならぬことがわかってくる。欺瞞も欺瞞、動物の生活に近い野蛮な粗野な生活に導く実に恐ろしい欺瞞なのだ」

「いったい君はどんな点に、そういう野蛮な分子を認めるんです？」

「だってそうじゃありませんか。君たちは労働によって自分の生活をささえる結果、時間に余裕がなくなって、学問や芸術に携わることが、からっきしできなくなってますからね。そこですよ、僕が野蛮だっていうのは。現に君だってそのとおり、ボロボロの着物を着て、手足もかさかさだし、連れの娘さんだって同じことで、美の女神にもなれるはずの女性だのに、まるで女奴隷《どれい》よろしくですからね。君たちにはアポロの歌も、神話も、詩も、遊戯もありません。――われわれの人生を飾るために神々がお授けになったものが、何もないじゃありませんか。そしてただただ原始人のような生活をつづけるために、奴隷か去勢した牛よろしく、汗水たらしてあくせく働く。――はたしてそんな生活が、人間の意志と本性に対する、我儘《わがまま》勝手な無神論的な否定でなくて何でしょうか？」

「ほう。また人間の本性が出ましたね！」とパンフィリウスは言った。「しかし、本性とはそも何です？　力にあまる労役を課して奴隷たちを苦しめたり、四海の同胞を虐殺《ぎゃくさつ》したり、彼らを捕えて奴隷にしたり、女を享楽《きょうらく》の道具にしたりすることですか？……すべてこういったようなことが、人間の本性につきものと君の考えている美的生活にとっては、必要なのです。人間の本性はこんな所にあるのでしょうか？　あるいはまた、万人との愛と協和のうちに生き、自分を四海同胞の一員と感ずるところに、人間の本性はあるのでしょうか？

君がもしわれわれを、学問や芸術を認めないものと考えておられるなら、これまた非常な間違いと言わねばなりません。われわれは人間の本性が与えられているあらゆる才能を、高く評価するものです。が、しかしながら、人間に本有のあらゆる才能を、われわれは、われわれの一生涯を捧《ささ》げ尽している同一目的——すなわち、神の意志の遂行という大目的——を達成するための、手段と考えているのです。われわれは学問や芸術なるものを、無為徒食の閑人の娯楽としてしか役立たぬ、遊び仕事と考えたりしません。われわれは学問に対しても、また芸術に対しても、人間のあらゆる仕事に対する場合と、同一のものを要求します。——すなわちわれわれは、これらのものの中にも、キリスト教徒のあらゆる行動を貫いている神と隣人とに対する実践的な愛の実現されることを要求するのです。われわれが真の学問と認めるのは、われわれを助けてよりよき生活に入らせてくれる知識のみですし、またわれわれが芸術を尊重するのは、それがわれわれの思想を浄化し、魂を向上させ、額に汗して営々と労苦する博愛の生活に必要な、われわれの力を強化してくれる場合に限ります。こういう知識ならわれわれも、できるかぎり、われわれ自身やわれわれの子弟の内部に、発達させる機会を逸しないようにしています。またこういう芸術にならわれわれも、喜んで、余暇のある時には没頭いたします。われわれはわれわれより先にこの世に呼吸していた先哲の叡知《えいち》の遺産である、いろんな書籍を繙《ひもと》いて、これを研究します。詩歌もうたえば絵もかきます。そしてこれらの詩歌や絵画は、われわれの精神を鼓舞し、悲しい時には慰めてくれます。まァこういうわけでわれわれは、諸君がやっておられるような学問や芸術の応用に、感服することができないのです。諸君のほうの学者たちは、世人に害悪をもたらす新しい方法の発明に、自己の思考力を傾注しています。彼らは戦争——つまり殺人の方法の完成をはかったり、金儲《かねもう》け——つまり、他人のふんどしで相撲を取って、自分たちだけ富み栄える新しいやり方を案出したりしています。また諸君の芸術は、神々をまつる神殿の建立《こんりゅう》や装飾に役立てられてはいるけれど、しかし、そんな神々なんか、君たちの中の比較的知的発達の度の高い連中は、とうに信じなくなっているのです。そのくせ諸君は、無知な民衆にはそうした神々への信仰を保持させようと努め、そうした欺瞞手段でもって、彼らを自己の支配下に繋《つな》ぎとめておけるものと考えているんですね。またいろんな大理石像が諸君の世界では建てられている。しかしそれは、唯《ただ》一人尊敬する者もなく、みんなの恐怖の的になっている、諸君の世界の圧制者の中で最も強くて残虐だった連中を、記念するためにほかならないのですからね。さらにまた諸君の世界の劇場では、不義の恋を讃美《さんび》する出し物が演じられています。また音楽は贅沢三昧《ぜいたくざんまい》の大宴会で牛飲馬食する富者たちの慰安に忠勤をぬきんでているし、絵画はまた絵画で、しらふの人や獣欲に眼《まなこ》のくらんでいない人か、顔を赤らめずに正視することのできないような娼家《しょうか》の光景の描出に応用されているしまつだ。

これではいけない、人間をけだものと区別する高尚な才能は、そんな目的でわれわれに賦与《ふよ》されているんじゃありません。これらの才能をわれわれの肉体を慰める具にしてはいけません。神意の遂行に終生を捧げ尽しているわれわれですもの、この同じ神への奉仕にわれわれの高尚な才能をも捧げることは言うまでもありません」

「なるほどね」とユリウスは言った。「そうした条件下に生活することができるのなら、まったく結構なことでしょうがね。しかし、そうは問屋で卸さないからなあ。君たちは自分で自分を欺いているのさ。君たちはわれわれの保護していることを認めないが、しかし、ローマの軍隊がなかったら、はたして君たちは安穏にその日を送ることができるだろうか？　君たちはわれわれの保護を認めずにいながら、それを受けているのです。いや、それどころか、君たちの間には、君が現に言われたように、自分で自分を防護する連中さえあるじゃありませんか。君たちはまた私有財産を否定しながら、しかもそれを利用している。君たちの仲間が、ちゃんと私有財産を擁していて、君たちに喜捨しますからねえ。現に君だってそうでしょう、あの葡萄《ぶどう》をただ人にくれるのじゃなく、売り買いするんじゃありませんか！　何から何までみんな欺瞞だ。君たちがほんとうに口で言っているとおり完全に実行するんだったら、それなら至極ごもっともとうなずけるが、さもないかぎり、自分と他人を欺いているにすぎませんよ！」

ユリウスはかっとなって、胸にたたみこんであるものを、残らずぶちまけた。パンフィリウスは無言で友の言葉の終るのを待っていた。そしてユリウスが言い終ると、パンフィリウスは言った。

「われわれが諸君の保護を認めない癖にそれを利用しているなんて考えるのは、全く君の考え違いです。われわれは暴力による保護を求めるものに何の価値をも置きません、われわれの幸福はそうした保護を要求しないものに存します。そして何人といえどもこれをわれわれから奪取することはできない。だからわれわれにはローマの軍隊なんてものは不必要です。また君たちの眼に私有財産と映ずる品物が、われわれの手を経て流通するのだって、やはりそうで、われわれはそれを自分たちの私有物と考えないで、生活上これを必要とする人たちに、取りついでいるにすぎないのです。われわれは希望者に葡萄を売ります。しかしそれは、私腹を肥やすためではなく、生活の必需品に事欠くひとびとに、これを供給するためにほかなりません。ですから、われわれの手からあの葡萄を奪おうとする者があったら、われわれはすこしの抵抗なく渡してやるでしょう。これと全く同じ理由で、われわれは蛮人の襲来も恐れません。彼らがわれわれの勤労の所産を略奪しようとする場合があったら、われわれはすなおに渡してやります。また彼らのために労働しろと要求したら、喜んでそれを実行しましょう。そうすれば、われわれを苦しめたり殺したりしたって、何の得にもならないばかりか、むしろ損になるわけです。で、野蛮人も間もなくわれわれの気持を理解し、愛をいだくようになるでしょう。そしてその結果、彼ら野蛮人に対処する場合のほうが、現在われわれを取りまき、われわれを迫害しつつある文明人に対処する場合よりも、苦痛の度が少なくなると思うんです。

人類が身を養い生きて行くために必要なすべての生産品は、所有権のおかげで得られるのだと、こう一般に言われていますが、しかしよく考えてみてください、生活上のあらゆる必需品は、実際に、いったい誰の手で生産されるのでしょう？　諸君のそれほど誇りとしているすべての富は、誰の勤労のおかげで蓄積されるのだろう？　懐《ふとこ》ろ手《で》をして奴隷や雇人たちを顎《あご》でしゃくってこき使い、自分たちだけで私有財産を利用している連中によって、生産されるのでしょうか？　あるいは、ただ一片のパンを得んがために、主人の命令どおり実行し、自分たちはなんの資産をも獲得せず、その日の糧《かて》に足らないくらいの分け前しか与えられない、貧しい奴隷たちの手で生産されるのでしょうか？　どうかこの点をよく考えていただきたい。しばしば自分たちにとって全く理解にさえ苦しむようないろんな命令を実行するために自己の精力を惜しまずに傾注するこれらの奴隷たちも、自己のためまた自分たちの愛し憐《あわ》れんでいるひとびとのための、自分たちにとって合理的な、ちゃんと理解できる仕事に従事することができるようになった暁には、今までのような労働に従事しなくなるだろうと、諸君といえども考えるだろうが、それはいったいどういうわけでしょう？

お前たちは自己の精進の目標にしているものを完全に把握《はあく》してない、いやそれどころか、お前たちは他人《ひと》を欺瞞している、お前たちは暴力強制と財産の私有とを否定しながら、同時にこれを利用しているじゃないか。こういうのがわれわれに対する君の非難の要点のようですね。そりゃ無論、われわれが欺瞞をこととする奴《やつ》らなら、共に談ずるにも当らないし、憤慨や非難を受けるにさえ値しない。ただただ軽《けい》蔑《べつ》さるべき存在でしょう。またわれわれもその場合には、そうした軽蔑を甘受します、なぜというに、自己の取るに足らぬ存在であることを自認するのは、われわれの掟《おきて》の一つなのですからね。が、しかしながら、もしわれわれが真剣な態度で自分たちの信奉する真理に向って歩一歩精進しているのだったら、その場合には、欺瞞云々《うんぬん》という君の非難は、正しくないと言わねばなりません。もしわれわれが、私及びわが教団の連中の現にやっているように、師の掟を遵守《じゅんしゅ》し暴力強制及びそこから発生する私有を絶した生活に終始することに向って精進しているとしたら、言うまでもなくそれは、富とか、権力とか、名誉とかいったような、外的な目的のためではありません。（そんなものを得ようとは思いません）全く別個の目的によるのです。われわれも、君たちと同じく、幸福を探《さが》し求めてはおります。が、われわれと諸君とは別個のものの中にその幸福を認めている。――ここが両者の異なるところです。富と名誉とが幸福のもとだ。こう諸君は信じておられる。が、われわれの信ずるところは、全くそれと違います。君たちの幸福は暴力強制にあるのではなく、恭順に存する、富にあるのではなく、すべてを与えることに存する。こうわれわれの信仰は教示します。そしてわれわれも、光に向う草木のように、われわれの幸福のありかをさして突進せずにはいられません。われわれといえども自分たちの幸福のために欲するすべてのことを、実践しているわけではありません。つまり、暴力強制と財産の私有とから完全に脱却しきったわけではありませんでした。つまり、これはほんとうです。が、しかし、どうもこれはやむをえないと思うんです。現に君たちだって、この上なく美しい妻を娶《めと》ろう、最大の財産を獲得しようと、その目的に向って突進しておられるが、はたして君なり、ほかの誰かなり、その目的を達成した者がありますか？　また的を射るにいたらない場合、はたして射手は、どこをねらっても当らないからと言って、的をねらうことをやめてしまうでしょうか？　われわれの場合もまさに然《しか》りです。われわれの真の幸福は――キリストの教えによれば――愛のうちにあります。そしてこの愛の精神は、暴力強制とそこから発生する財産の私有とを排撃します。われわれはわれわれのこの幸福を求めている。しかし、まだまだ完全の域からは遠く、各人各様、思い思いにこの目的を達成しつつあるんです」

「なるほどね。しかしいったいどうして君たちは、全人類の叡知《えいち》を信ぜず、これに背を向け、はりつけにされた君たちの師一人を信ずるのでしょうね！　君たちのその奴隷根性、キリストに対する屈従、僕はそれを見るとむらむらっと反感が起りますよ」

「また君は思い違いをしておられる。われわれがこの教えを信奉し、こうした信仰を持っているのは、われわれの信ずる人物がわれわれにそう命じたからにほかならぬなんて、そんなふうに考える人は、考え違いをしているんです。事実はむしろ正反対で、全身全霊をあげて真理の認識・天なる父との交感を求めているひとびとは、真の幸福を求むるひとびとはですね、——そうしたひとびとはどうしてもキリストの歩んだ道にいたらざるをえないし、したがって、彼のあとにつき、自分の行く手に彼の姿を認めずにはいられないのです。神を愛するひとびとは、みんなこの道に落ち合うでしょう。君だってやはり同じことです。キリストは神の子だ、神と人類との仲介者だ。これは誰かがわれわれにそう言ったからでもなければ、またわれわれが盲信するためでもありません。神を求むるすべてのひとびとが、自分の前に神の子を見出《みいだ》し、これを通じてのみ神を理解し、神を識《し》るようになるからです」

ユリウスは返事をせずに、黙然として長いこと坐《ざ》していた。

「君は幸福ですか？」こう彼は訊《たず》ねた。

「これ以上のことを僕は何も望みません。いや、それどころか、僕はたいていの場合、はたしてこれでよいのだろうかという懐疑の気持、何だか不正をやっているような意識をおぼえるくらいです。いったい何の廉《かど》で僕はこんな宏大《こうだい》な幸福を恵まれているのだろう、という気持ですね」とにこにこしながらパンフィリウスは言った。

「そうだな」とユリウスは言った。「ひょっとしたら僕も、あの時見知らぬ男に会わないで、君たちの所へ行っていたほうが、幸福だったかもしれないな」

「君がそういうふうに思われるんなら、何も邪魔立てするものはないはずじゃありませんか?」

「でも、妻がね……」

「しかし、君のお話だと、奥さんはキリスト教に傾いておられるそうだから、一緒について来られるでしょう」

「そりゃそうだが、しかし、もう別個の生活がはじまったんですからね。これをぶち壊《こわ》すわけにはいきませんよ。すでに着手したからには、最後まで押し通さなければなりません」父母や親友たちの不満、特にこの大転換の決行に行使しなければなるまいと思われる猛烈な努力を、まざまざと思い描いたユリウスはこう言った。

そのとき店の入口へ、パンフィリウスの連れの娘が、一人の青年と共に寄って来た。パンフィリウスは二人のそばへ出て行った。青年はユリウスのいる前で、キリルス長老の使いで革を買入れに来た旨《むね》を説明した。葡萄はもう売り捌《さば》かれ、小麦が買いこまれてあった。パンフィリウスは青年に向って、君はマグダリーナさんと一緒に小麦を持って帰ってください、革は僕が仕入れて持ち帰りますから、という意味のことを言った。

「君はそのほうがいいでしょう」こう彼は言った。

「いいえ、マグダリーナさんは君とご一緒のほうがいいんですよ」青年はこう言って、離れ去った。

ユリウスはパンフィリウスを知り合いの商人の店へ連れて行った。パンフィリウスは二つの袋に小麦を入れ、小さいほうをマグダリーナの肩にのせ、重いほうを自分が担《にな》って、ユリウスに別れを告げ、彼女と並んで帰途についた。

街角でパンフィリウスは後ろを振り向き、にこにこしながらユリウスにうなずくような格好を見せ、いっそう嬉《うれ》しそうな微笑にとけ入りながら、マグダリーナに何やら言った。そして二人は視野から消えた。

そうだ、あのときあの連中のところに行きついたら、俺はもっと幸福になっていたかもしれない、とユリウスは思った。と、彼の想像の中に、入れ代り立ち代りしながら、二種の影像が現われた。ひとつは籠《かご》を頭に載せて行く背の高い精力に充《み》ちた娘と同じく精力絶倫そうなパンフィリウスとの姿、明るい善良そのもののような彼らの眼であり、今一つは、今朝ほど彼が出て来てこれから再び帰って行こうとしている自分の家庭の懐《ふとこ》ろだった。そしてそこには、なよやかな、美しい、けれどもすでに鼻についてうんざりとなった彼の妻が、あでやかに装《よそお》いをこらし、こてこてと腕輪などを嵌《は》めこんで、敷物と枕《まくら》を下に、身を投げ出しているのだった。が、ユリウスには考えをしている暇がなかった。知り合いの商人たちがどやどやとやって来て、食べたり飲んだり妻を抱いたりすることで幕になるいつもの仕事がはじまったのである。……

6

十年がすぎた。ユリウスはその後もうパンフィリウスに逢《あ》わなかった。彼との会見の記憶も徐々にユリウスの胸から消え、彼の印象も、キリスト教徒の生活についての印象も拭《ぬぐ》い去られた。ユリウスの生活はいつも判で捺《お》したように同じ順序で流れた。そのうちに父が死んだので、商売のほうを全部引き受けねばならなくなった。商売はなかなかこみいっていた。常得意があり、アフリカに販売人があって、番頭もあった。さらに集めなければならない貸しと、払わなければならない借りがあった。ユリウスはいつとなくこの仕事にひきこまれ、すべての時間をそれに捧《ささ》げるようになった。加うるに、新しい心労が生じた。彼は公職に選挙された。そして、自尊心を唆《そそ》るこの新しい職務は、彼にとって誘惑だった。商売以外、彼は公職にも従事した。知力もあれば、能弁でもあったので、同僚の間にあって頭角を現わしだした。やがて高い公職に到達できた。

この十年間にわたって彼の家庭生活に、同程度に重大な、彼にとって不愉快な、変化が生じた。三人の子供が生れ、子供たちの誕生が彼を妻から遠ざけたのである。第一に、妻は美しさと新鮮さの大部分を失った。第二に、彼女は今や夫についてあまり気を使わなくなった。彼女の優しい感情と愛撫《あいぶ》とは、全部子供たちの上に集中された。異教徒の習慣に従って、乳母《うば》や子守に託されたとはいえ、ユリウスはしばしば子供たちを母親のもとに見つけたり、あるいは彼女をその居間に発見せずに、子供たちの部屋に発見したりするのだった。子供たちはユリウスに喜びよりもむしろ不愉快を与え、たいていの場合彼をうんざりさせるのだった。商売と公務とで多忙なユリウスは、以前の放蕩《ほうとう》生活を捨ててしまった。しかし労働のあとでは甘美な休息が必要だと考えていた。しかも彼はそれを妻のもとでは発見しなかった。ましてて妻がこの頃ずっとキリスト教徒の女奴隷《どれい》とますます親密の度を加え、しだいに新しい教理に熱中し、そして自分の生活の中から、ユリウスのために美を形成していたすべての外面的な異教徒的な分子を放棄したので、なおさらであった。求めているものを妻に見出《みいだ》しえないので、ユリウスは身持のよくない女と親しくなり、仕事の余暇を彼女と過した。もしユリウスに、お前はここ数年間幸福だったか、不幸だったかと訊《たず》ねたとしたら、彼は返答に窮したにちがいない。要するに彼は、非常に多忙だったのだ！　彼は一つの仕事一つの快楽から、他の仕事、他の快楽に移って行った。しかしそれらの仕事のうち一つとして、彼が十分に満足して、それを続けたいと望んだものはなかった。あらゆる仕事が、一刻も早く解放されればされるだけ、彼にとっていいのだった。飽満の倦怠《けんたい》が混入し、何かに中毒されないような快楽も一つとしてなかった。

　このような生活に終始しているうちに、彼の生活の歩み全体をほとんど変えそうになったほどの事件が惹《ひ》き起った。オリンピア競技の際に、彼は戦車競走に参加した。そして自分の車を無事に決勝点まで馭《ぎょ》して前の車を追い抜こうと思い、その結果、不意にそれと衝突した。車輪は砕けた。彼は落ちて、肋骨《ろっこつ》二本と片手を折った。負傷は重かった。しかし生命を危うくするものではなかった。ユリウスは家へ運ばれた。彼は三カ月の間、寝通さなければならなかった。

この三カ月の間、痛ましい肉体的の苦しみのただ中に、彼の思想は働きはじめた。そして彼は他人の生活のように自己の生活を眺《なが》めながら、それを熟考するだけの余裕を持った。

彼の生活は、暗い光につつまれて見えはじめた。この時分に、強く彼を苦しめた、三つの不愉快な事件が起っただけになおのことだった。すなわちその第一は、彼の父親の代から信頼されていた召使の奴隷が、アフリカで高価な宝石を受け取って、それを持ったまま逃亡した。それはユリウスの仕事に莫大《ばくだい》な損害と混乱とをもたらした。第二は、ユリウスの妾《めかけ》が彼を見捨てて、新しい庇護者《ひごしゃ》を選んだことである。第三は、ユリウスにとって最も不愉快なものだが、彼が占めようと当てにしていた支配者の位置に対する選挙が彼の病気中に実施されて、この位置を彼の競争者が得たことだった。すべてこれらは自分の病気のために起ったものだと、ユリウスには考えられた。その病気ときたら、自分の戦車が指一本の厚味だけ左にゆがんだために生じたのだった。彼は寝床に一人で横たわりながら、自分の幸福がいかに些細《ささい》な偶然に依拠していたかについて、思わず知らず考えはじめた。すると、これらの思想は、以前の自己の不幸、キリスト教徒の所に赴《おもむ》こうとした試み、すでに十年も逢わないパンフィリウスなどに関する回想や、他の理念に彼を導いた。これらの回想は妻との話によってなおさら強められた。今や彼女は、彼の病気の間しばしば彼と共にいて、キリスト教徒について、彼女が奴隷から聞き知ったすべてを彼に物語った。この女奴隷は一時パンフィリウスの住んでいた共同体に属していたので、彼を知っていた。ユリウスは妻の女奴隷に逢いたかった。女奴隷が病床に来た時、彼はさまざまのことを微細に、特別パンフィリウスのことを詳しく訊ねた。

女奴隷はこう話した、パンフィリウスは仲間の間でいちばんすぐれた兄弟の一人で、あらゆるひとびとから愛されかつ敬されている。彼は十年前にユリウスも会ったことのある、あのマグダリーナと結婚した。前に見たことがあった。そしてもう彼らには幾人かの子供がいた。

「そうです、神様が人間をその幸福のために、おつくりなさったということを信じない人はですね」女奴隷は言葉を結んだ。「あの人たちの生活を見に行くのが必要ですわ」

ユリウスは女奴隷を去らせ、聞かされたことを考えながら、一人で残っていた。パンフィリウスの生活と自己のそれが比較されて恥ずかしかった。で彼はそのことについて考えまいとした。気を晴らそうと、彼は妻が自分に置いて行ったギリシャ語の写本を取り、それを読みはじめた。写本の中に、彼は次のような文字を通読した。

『二つの道あり、一つは生の道、他は死の道なり。

生の道は即《すなわ》ち次の如《ごと》し。一　汝《なんじ》を創造せし神を愛すべし。二　己《おの》れの隣人を己れ自身の如く愛し、かつ己れの身に起るを望まざる凡《すべ》ての事を、他人になすべからず。これらの言葉の中に含まるる教えは次の如し。即ち、汝を呪詛《じゅそ》する者を祝福せよ、汝の仇敵《きゅうてき》のために祈れ、そして汝の迫害者のために斎戒せよ、何となれば、汝を愛する者を愛するとて、いかなる善行たり得んや？　異教の徒輩もこれと同じき事をなさざるや？　汝を憎悪《ぞうお》する者を愛せよ、さすれば汝は敵を持つ事なからん。肉体と世俗との欲情を遠ざくべし。もし誰か汝の右頰《みぎほお》を打たば、さらに左頰も差《さ》し向けよ、かくてこそ全き人たるを得ん。もし何人か汝に一里を同行せんと強《し》いなば、彼と共に二里を行け。もし誰か汝の下着を取らば、更に上着をも与えよ。もし何人か汝のものを奪わば、返済を求むな、なぜなら、汝これをなし能《あた》わざればなり。求むる凡ての者に与え、その返済を求むべからず、天にいます父は、その豊饒《ほうじょう》なる賜物を万人に賦与《ふよ》せん事を望み給《たま》えばなり。この戒律によりて与うる者は幸いなり……

教理の第二の戒律。殺すなかれ、姦淫《かんいん》するなかれ、放埒《ほうらつ》をなすなかれ、盗むなかれ、魔法を行うなかれ、毒を与うるなかれ、汝の隣人に属するものを望むなかれ。誓うなかれ、偽りの誓いを立つるなかれ、悪《あ》しき言葉を口にするなかれ、悪を記憶するなかれ、二心を抱くなかれ、言葉に表裏あるなかれ……汝の言葉は虚偽空疎《くうそ》なるものならずして、行動と合致するものたるを要す。貪婪《どんらん》、狡知《こうち》、偽善の徒たるべからず、邪心倨傲《きよごう》たるべからず。己が隣人に対して悪しき企図《たくらみ》を蔵するなかれ。万《よろず》の人に対して憎悪を持つなかれ、但《ただ》し或《あ》る者はこれを咎《とが》め、或る者のためには祈り、また或る人々を自己の霊よりも愛すべし……我が子よ！　あらゆる悪、及びそれに似たるものを避けよ。怒るなかれ、なぜなら怒りは殺害に導けばなり。嫉妬《しっと》すな、喧嘩《けんか》を好むな、短気たるな、何となれば、凡てこれらの事どもより殺害生ずべければなり。我が子よ！　好色たるなかれ、何となれば、好色は淫蕩《いんとう》に導けばなり。卑《ひ》猥《わい》なる言葉を口にするなかれ、なぜなら、それより姦淫生ずべければなり。我が子よ！　禁厭《まじない》をなすなかれ、何となれば、そは偶像崇拝に導けばなり。妖術《ようじゅつ》をなすなかれ、魔法を行うなかれ、呪文《じゅもん》を唱うなかれ、かつかくの如き所業を見んと望むなかれ、これらはみな偶像崇拝なればなり。我が子よ！　偽るなかれ、何となれば、偽りは盗みに導けばなり。黄金に跪坐《きざ》するの徒たるなかれ。虚栄の徒たるなかれ、なぜなら、凡てこれらより盗みの行い生るるがゆえなり。我が子よ！　愚痴をこぼすなかれ、何となれば、そは瀆神《とくしん》に導けばなり。不遜《ふそん》の徒たるなかれ、邪心を持つなかれ、何となれば、これらの凡てより瀆神生ずればなり。温和なれ、温和なる者は地を嗣《つ》ぐべければなり。忍耐強くかつ優しかれ、怨《うら》みを捨て、謙譲にして善良たれ、そして常に汝が聞くところの言葉に畏怖《いふ》せよ。自惚《うぬぼ》るるなかれ、自己の心に驕《きょう》慢《まん》を培《つちか》うなかれ。汝の心を驕奢《きょうしゃ》に迎合せしめず、正しくかつ遜《へりくだ》れる者に向わしめよ。汝の身に生ずる一切の事は、善として受容し、神なくんば何事も在らずと知るべし……我が子よ！　離間の原因を生ずる事なく、争う人々を和睦《わぼく》せしめよ。受くるために手を伸ぶる事なく、与うる手を縮こむるなかれ。与うるに逡巡《しゅんじゅん》せず、愚痴なく与えよ、なぜなら、かくあらば、善良なる返報者の誰なるかを汝知り得ればなり。困窮なる者に背を向くるなかれ、よろずにわたり己が同胞と交わりを保持し、また何物をも自己の所有物と称するなかれ、なぜなら、汝もし腐朽せざるものの領域に於《おい》て共に参与するの人なりせば、腐朽するものの領域に於ては尚更《なおさら》なればなり！

己が子供らに若き時より神の恐れを教えよ。自らの怒りに乗じて、自己の下僕または奴婢《ぬひ》に事を命ずるなかれ、彼らは汝ら主従の上にいます神を恐れざるに至らん。なぜなら、神は身分によりて人間を呼び給わず、聖霊の準備せる人々を呼び給えばなり。

更に死の道は次の如し。即ち、何よりも先《ま》ず、この道は邪悪にしてかつ呪詛に充《み》てり。ここは、殺害、姦淫、好色、淫乱、盗み、偶像崇拝、妖術魔術、毒害、略奪、偽証、偽善、二心、狡猾《こうかつ》、慢心、憎悪、自惚れ、貪婪、毒舌、羨望《せんぼう》、不遜、倨傲、虚栄に充つ。ここは善の迫害者、真理を憎悪する者、虚偽の愛好者、正義に対する報を認めざる者、善にもかつ正しき見解にも愛着を感ぜざる者、善事にはあらで、むしろ悪事に鋭敏なる者、謙譲と忍耐とより遠く距《へだた》るの徒に充つ。ここは虚栄を愛する者、返報を追求する者、貧窮者に憐憫《れんびん》を持たざる者、苦しむ人のために努力せざる者、自己の造り主を知らざる者、子供達を殺害せし者、神の姿を滅せる者、貧困者に背を向くる者、虐《しいた》げられし人々を迫害する者、富者を擁護する者、貧者を不法に裁く者、等々、あらゆる罪人に充ち満てり！　子らよ、かくの如き凡ての人々に戒心せよ！』

まだこの写本を終りまで通読するどころか、ほんの序の口に目を通しただけでしかないのに、早くも彼の身には、真理追求の熱意をもって書物——すなわち他人の思想——を読んでいるひとびとによくあることが持ち上がった。すなわち彼は、これらの思想を鼓吹するひとびとと、精神的交通に入ったのである。彼はその先にどんなことが書かれてあるだろうと、推量しながら読み進んだ。そして単に書物の中の思想に共鳴したのみか、何だかこう自分自身がこれらの思想を述べているように感じられた。

彼の身に、われわれからは認められない、ごく普通の、しかし人生における最も神秘で意義深い現象が起った。ほかでもないが、いわゆる生者がいわゆる死者と一つに結合した時に、真の生者となるという現象が起ったのである。ユリウスの精神は、これらの思想を書き、かつ鼓吹した人と結合した。そしてこの結合を遂げたあとは、彼は自己及び自己の生活を反省した。すると彼自身も、その全生活も、一つの恐ろしい誤りのように思われてきた。彼は真に生きていたのではなかった。生に対するあらゆる配慮と誘惑とによって、自己の内にある真生活の可能性を絶滅していたにすぎないのだった。

『生命を亡《ほろ》ぼしたくない、生きたい、生の道、永生の道を行きたい』こう彼は自分自身に言った。

彼は前に出会った際パンフィリウスが述べたことを、全部回想した。と、そのすべてが、今や明瞭《めいりょう》にして疑う余地のないことだった。なぜあの時見知らぬ男の言を信じて、キリスト教徒の間に身を投じようという自己の企図を履行しなかったのだろうと、不思議に考えられるほどだった。彼はまたさらに、見知らぬ男が自分に対して、『この世の事を経験しつくしたら、その時にこそ行ったらいい』こう言ったのをも思い出した。

『だが、俺《おれ》は浮世の生活をつぶさに経験したけれど、何一つ発見しなかった』

彼はまたパンフィリウスが言ったことを思い出した。いつ訪《たず》ねて来ても、喜んであの仲間は君を迎え入れるというのだった。

『いいや、迷いにおちたり苦しみ悶《もだ》えたりするのはたくさんだ』こう彼は自分に言った。『すべてを投げすてて、あの男のもとに行こう、この本に書かれてあるように生活しよう』

彼は妻に話した。妻も彼の企図を喜んだ。

妻はあらゆることに心の用意ができていた。問題はただ、どうやって企図を実行に移すかということだけだった。子供たちをどう処置しようか？　彼らを自分たちと一緒に連れてゆくか、もしくは祖母のもとに残しておこうか？　連れて行くとしたら、どうやって連れて行こうか？　甘い教育を授けた後で、どうして彼らを峻烈《しゅんれつ》な生活のあらゆる困苦に逢着《ほうちゃく》させられよう？

女奴隷は一緒にお連れなさいませと勧めた。が、母親は子供たちのことを心配して、祖母のもとに残したほうがいい、二人きりで行こうと言った。そして結局そういうことに、夫婦の考えは一致した。すべて決定した。今はただ、ユリウスの病気が、実行を遅延させているのみだった。

7

こうした精神状態でユリウスは寝入った。翌朝、彼のもとへ、老練な旅廻りの医師がご主人の早くご回復なさるようにお力添えをして進ぜるから、どうか面会させてくださいと、申し出たということが取りつがれた。ユリウスは喜んで医師を迎えた。その医師というのはほかでもない、ユリウスがキリスト教徒の所へ赴《おもむ》こうとした時に、途中で出逢《であ》った、あの見知らぬ男だった。

医師は彼の傷を診察してから、強壮剤として薬草の定量を処方した。

「どうでしょうな、腕仕事ができるようになるかしらん？」こうユリウスは訊《たず》ねた。

「ええ、できますとも。戦車を馭《ぎょ》したり、字を書いたりするぐらい、わけはありません」

「しかし、荒仕事のほうはどうでしょう、土を掘ったりするのは？」

「さあ、そんなことは考えてもみませんでしたね」医師は言った。「だって、あんたのご身分から推してそんな必要の生ずるわけはありませんからな」

「どういたしまして、そういう仕事こそ、この私には必要なのですよ」とユリウスは言った。それから医師に向って、あなたと逢った時からこのかた、あなたのすめに従って、世俗の生活に没入してみたが浮世の生活は約束したものを与えなかったばかりか、むしろ幻滅をもたらした、だから自分は今こそあの折に話した企図を、実行に移そうと望んでいると、詳しい事情を物語った。

「なるほど、あの連中はお手のものの欺瞞《ぎまん》を用いて、あんたを唆《そそのか》したらしいですな。あんたほどのご身分の人が多くの職務を担《にな》っており、特に子供たちに対して重大な責任を持っておられながら、それでもやはり、あの連中の瞞着が看破できないのですかね」

「これを読んでみなさい」自分の読んだ写本を医師に渡しながら、ユリウスは言った。

　医師は写本を手に取ってちょいとのぞいた。

「これなら知ってます」こう彼は言った。「この欺瞞は知ってます、だからこそ、あなたのように賢いお方が、どうしてこんな罠《わな》に落ちたのかと不思議に思いますよ」

「私はあなたのおっしゃることがわかりませんね。どこが罠なんです？」

「あらゆる問題は生にあるのです。それであの人たち、あのソフィストたちは（原注　巧妙なる論証によって、虚偽を真理の如《ごと》く装《よそお》う詭《き》弁家《べんか》）つまり人間と神とに対する反逆者はですな、彼らは幸福な生の道を唱道している。そうした生の道というのは、あらゆる人間が幸福になるような、――戦争も、死刑も、貧困も、放蕩《ほうとう》も、争闘も、憎悪《ぞうお》もなくなるような――生活様式を意味するのだそうです。そしてあの連中は、世のひとびとがキリストの戒律を履行し、争わず、放埒《ほうらつ》に走らず、誓いもせず、暴力も揮《ふる》わず、民族が民族と敵対しなくなる時に、人類は今述べたような状態に到達すると主張しているのです。しかし、あの連中は目的を手段と見なしている点で、誤っているか、もしくは自分を欺《あざむ》いているのですよ。彼らの目的は、争いもしないし、誓いもしないし、放蕩にも耽《ふけ》らない、……と言うのだが、しかしこの目的は、社会生活の方法によってはじめて達成されるのです。だから、あの連中の言っていることは、弓術の師匠が弟子に向って、お前の矢が一直線に的を目がけて飛ぶ時に、はじめて的を射ることができると、教えさとすのと同じですよ。矢をまっすぐに飛ぶようにするには、いったいどうしたらよろしいか、ここに問題があるのです。この目的は、弦《つる》が強く引き絞られ、弓に弾力がつき、矢がまっすぐに構えられた時に、はじめて達成されるのです。人間の生活もこれと同じです。争う必要も放蕩する必要も、殺戮《さつりく》しあう必要もないような最上の生活は、弦―支配者、弓の弾《はず》み―権力、まっすぐの矢―法の公正、――これらの要素の揃《そろ》った時達成されます。しかるに、あの連中ときたらよりよい生活を口実にして、生活が改善したもの、また、改善しつつあるものを、すべて破壊しています。あの連中は、支配者も、権力も、法律も認めないのです」

「しかし、あの人たちは、人間がキリストの戒律を履行すれば、支配者や権力や法律なんてものがなくとも、社会はよくなると主張しておりますね」

「そうです、しかし、世人がその戒律を履行することを、何が請けあってくれるでしょう？　何も請けあってくれるものはないでしょう。あの連中はこう言うのです。――『君たちは権力と法律の下にこの世の生活を経験したが、生活は完全なものにならなかった。だから、権力も法律も存在しない状態を一つ経験なさい。そうしたら生活はきっと完全になるでしょう。君たちはこれを否定する権利を持っていない、なぜなら、君たちはこんなことを経験したことはないのだから』とね。けれど、ここにこそ、あの無神論者たちのソフィズムが現われているのです。こんなことをあの連中が言うのは、百姓が他人に向って、お前は種を大地に蒔《ま》いて土をかぶせているが、お前の望むような収穫はやはり得られないだろう、だから俺《おれ》は海に種を蒔けとお前にすすめるよ、そうしたほうがいいだろう、と言うのと同じではないでしょうか。お前は俺のこの仮定を否定する権利を持っていない、お前はそれを試みたことがないのだから。――こうほざくのと同じことではないでしょうか」

「なるほどね、いやそれはほんとうですな」ユリウスは内的動揺に駆られながら、こう言った。

「しかし、それだけではありませんよ」と医師は言いつづけた。「ばからしい不可能なことではあるが、まァかりに世界じゅうのひとびとが何か水薬を服用して、キリスト教の教理の根本原理を悟得し、急にすべてのひとびとがキリストの教理を履行し、神と隣人とを愛し、戒律を実行するようになったと仮定しましょう。が、かりにそういうことになったとしても、やはりあの連中の教えに基づく生活の道は、批判に耐《た》えられる代物《しろもの》じゃありません。そうなった暁には、社会はなくなるでしょう、そして生活は中絶するでしょう。あの連中の教師は独《ひと》り者の放浪者だったから、その追随者も同じような代物になるでしょう。わたしの予想によると、全世界もそうなるだろうと思われます、現在、生きている者は、まァことなく一生を終えるかもしれませんが、しかし、その子供たちは、とうてい生をまっとうすることはできないでしょう、かりにまっとうすることができるとしても、十人の内に一人だろうと思います。あの連中の教義によると、子供はすべて平等であるはずだ。――すべての母親と父親とにとってね――自分の子も他人の子も同じでなくてはならないのです。どうしてこれで子供たちを守りおおせることができますか。われわれが現に知っているように、母親に蔵されている子供たちに対するあらゆる熱情と愛でさえ、死から子供を守りきれないのに、これが単なる憐憫《れんびん》となって、あらゆる子供たちに平等に注がれるようになったりした日には、どんなことになるでしょう？　どんな子供を選び、そして守るべきだろう？　母親以外に、誰が病んで悪臭ある幼児と一緒に幾晩も徹夜で看病するでしょう？　自然は幼児のために甲冑《かっちゅう》をこしらえてくれました。——母親の愛がそれです。しかるにあの連中はそれを取り上げてしまって、代りのものを何も授けない。息子を教育し、その魂を洞察《どうさつ》する役目は、父親にあらずして誰が引き受けるでしょう？　誰が危険を未然に防ぐでしょう？　このような貴重なすべてのことが排除されているのです。全生活を、つまり、人類の存続を、彼らは避けようとするのです」

「それは全くです」ユリウスは医師の雄弁に魅せられて言った。

「ねえ、ユリウスさん、あなたは妄想《もうそう》を捨て、理性の光に浸透された生活をなさい。特に現在のあなたの双肩《そうけん》には、そうした偉大で重要な、切迫した義務がかかっているのですからね。それを実行するのは名誉ある仕事だ。あなたは懐疑の第二期に達したのだ、しかし、先に進んで行きなさい、そうしたら疑惑もなくなるでしょう。あなたの最も大切な、疑う余地の少しもない義務は——あなたが軽視している子供の教育そのものです。子供たちに対するあなたの義務は、子供たちを国家に有用な者に仕上げることです。国家はあなたの有するいっさいのものをあなたに授けたのだからして、あなたのほうでも国家に奉仕し、自分の子供たちを有用な存在として、国家に提供しなければならない。あなたはこうすることによって、子供たちにも幸福を与えることになるでしょう。それからさらにもう一つの義務だが——社会奉仕がすなわちそれです。あなたは失敗のために落胆し、また失望していなさるが、それは一時の偶然です。努力と争闘なしには何一つ達成されません。勝利の喜びは征服が困難だった時にのみ存在するのです。キリスト教の文書にあるたわごとを喜ぶことは、奥さんにまかせなさい。あなたは男らしくなって、子供たちを男らしく育てあげなさい。この仕事を自分の義務と意識して着手なさい、それであなたのあらゆる疑惑は消失するでしょうよ。疑惑はあなたの病的な状態から来たものだ。自身まず国家に奉仕し、さらに自分の子供たちをも同じ奉仕に備えることによって、国家に対する義務を履行なさい。子供たちがあなたの代りとなることのできるように、地位を得させてやりなさい。そしてその暁にこそ、自分の心を惹《ひ》きつける生活に静かに浸りきったらいい。それまでは、あなたはそうする権利を持っていないのだ、それにもしそうしたにせよ、苦しみよりほか、何一つ発見できないでしょう」

8

薬草の効験か、聡明《そうめい》な医師の勧告が効果を及ぼしたのか、とにかくユリウスはたちまち元気づいてきた。と同時に、キリスト教徒の生活に関する考えが、妄想《もうそう》のように思われた。

しばらく滞在してから、医師は立ち去った。ユリウスはその後ほどなく床上げをした。そして医師のすすめをとりいれて、新しい生活をはじめた。彼は子供たちのために教師を雇い、自ら親しく彼らの教育を注視した。自分の時間はことごとく公共事業に捧《ささ》げて過した。かくてきわめて速《すみ》やかに市に大勢力を占めるにいたった。

このようにしてユリウスは一年を過した。この一年間キリスト教徒についてただの一度も思い出さなかった。が、一年後に、この町で、キリスト教徒の裁判が執行されることにきまった。

キリスト教徒の伝道を抑圧する目的で、ローマ皇帝からの使者がキリキヤに到着した。ユリウスはキリスト教徒に対して弾圧手段を講じられた由《よし》を聞いたが、それはパンフィリウスが住んでいるキリスト教団には無関係だろうと推量して、べつに彼のことは考えなかった。ところが、ある日のこと、自分の勤務している役所へと、広場を歩いて行った際に、貧弱な服装をした中年の男が近寄って来た。彼ははじめそれが誰だかわからなかった。が、それはパンフィリウスだった。パンフィリウスはそばへ寄って来た。

「やあ、ご機嫌《きげん》よう」こう彼は言った。「君に折入ってお頼みしたいことがあるのだけど、現在のようにキリスト教徒の迫害のきびしい時代に君が僕を親友と認めようとするかどうかわかりませんのでね。それに僕などと交渉を持って、自分の位置を失うのを恐れやしないかと思われるし」

「僕は誰も恐れやしません」こうユリウスは答えた。「その証拠に君を僕の家へ案内しよう。なァに、君と話をして、それで君の役に立つことができるんなら、市場での用件だってほったらかしてもいいんです。さあ、一緒に行きましょう。それは誰の子供です?」

「僕の子供です」

「いや、しかし、そんなことをお訊《き》きしなくともいいのでしたっけ。君のおもかげがその子供の中にありありとうかがわれましたからね。この碧《あお》い眼だって見わけがつきます。君の奥さんが誰かということも僕は訊かなくともわかっている。十年ほど前に君とご一緒のところをお見かけしたことがあったが、あの美人でしょう？たしかにこれはあの女《ひと》の眼だ」

「ご推察のとおりです」パンフィリウスは答えた。「君と逢《あ》ってから、間もなくして、あの女は僕の妻となったのです」

二人の友はユリウスの館《やかた》に入った。ユリウスは妻を呼び、男の子を渡し、それから自分でパンフィリウスを、贅美《ぜいび》をつくした奥深くの静かな部屋へ招き入れた。

「ここでなら君はどんなことでもお話しできます、誰にもきかれる心配はありませんからね」こうユリウスは言った。

「僕は自分の話すことを、人に聞かれたって何でもありません」とパンフィリウスは答えた。

「それに僕のお願いすることだって、捕えられているキリスト教徒を、裁判したり死刑にしたりしないようになんていうことじゃなく、あの人たちが自己の信仰を公衆の面前で告白することを、許してやってほしいっていうだけなんです」

それからパンフィリウスは、官憲に逮捕されたキリスト教徒が、自分たちの現状について、牢獄《ろうごく》の中からその教団に知らせて来たことを物語った。

キリルス長老は、パンフィリウスとユリウスとの関係を知っているので、キリスト教徒のために歎願《たんがん》に行く役目を、パンフィリウスに一任したのだった。

キリスト教徒は赦免を歎願していなかった。彼らはキリスト教の真理を証明することを、自己の生涯の使命と認めていた。彼らはこのことを、長い八十年の生活をもって証明することもできたし、また同じく殉教によっても証明することができた。そのいずれでも、彼らにとっては同じことだった。また彼らのために避けられない肉体的の死だって、今この瞬間だろうと、五十年たってからだろうと、やはり恐ろしいものでなく、むしろ喜びでさえあったのだ。が、しかしながら、自分たちの一命が世人の利益に役立つことを欲したので、そこで彼らはパンフィリウスを使者に立てて、裁判も死刑も公衆の面前で行われるように、奔走させることとしたのである。

ユリウスはパンフィリウスの懇願にびっくりしたが、しかし、できるだけのことはしてあげようと約束した。

「僕は君に味方することを約束しましたが」とユリウスは言った。「しかしそれは、君に対する友情と、それから君がいつも僕の心に呼び起してくれる温かい善良な感情のためですよ。けれど、君に打ち明けなければなりませんが、僕は君たちの教えをきわめて蒙昧《もうまい》で有害なものだと考えているのです。僕がこういうふうに判断するわけは、自分もごく最近、失望と病気に陥って、意気沮喪《そそう》した折に、またもや君たちの見解に共鳴して、もう少しで、またぞろすべてを投げすてて、君たちのもとに行くところだったんでね。それでなんですよ。僕は君たちの迷いがどこから生じてくるかわかっている、なぜというに、僕自身それを通過して来ましたからね。つまり、自分自身に対する愛と、薄弱な精神と、病的な衰弱から生じているのです。女どもの宗教だ、男の宗教じゃありませんよ」

「お言葉ですが、全体それはどういうわけです？」

「ほかでもありませんが、君たちは人間の本性に不和背反の種が潜んでいて、そこから暴力が生ずることを認めながら、それにかかずらうことを厭《いと》い、他人にまかせようとするでしょう、そして自分でかかずらうことをしない癖に、暴力を基礎とするこの世の組織を利用しているでしょう、だからですよ。これが公正なことでしょうか？　世界は常に支配者の存在することによって維持されてきました。これらの支配者が自分の上に、あらゆる労苦と責任を引き受けて、われわれを内外両方面の敵より防護してくれた。でその代りに、われわれ市民はこれらの支配者に服従して、こういう人たちに尊敬を払ったり、その仕事を助けたりしてさたのです。

ところが君たちは、自己の労力によって国家事業に参加し、その功績に従って、順次ひとびとからの尊敬を得ようとはせずに、その高慢さから、唐突にもあらゆるひとびとを平等だと認めるのだ。それは自分より高い者は誰もいない、自分は皇帝とひとしいと、思い上がりたいからなのだ。君たちは自分でもそう考えているし、他人にもそう教えている。弱者のためにも、怠け者のためにも、これは大きな誘惑です。奴隷《どれい》はすべて、労苦せずして、一足とびに、自分を皇帝とひとしい者だと考えたがりますからね。いや、それればかりじゃない、君たちは租税も、奴隷制度も、裁判も、刑罰も、戦争も、つまり人間を一つに結合するすべてのものを、否定しているのだ。もしひとびとが君たちの言に従ったら、社会はたちどころに崩壊《ほうかい》し、われわれは未開時代に戻ってしまったでしょう。君たちは国家の内にいるくせに、国家の崩壊を宣伝しているのだ。ところが、君たちの存在自体からして、国家の制約を受けているのですからねえ。国家がなければ、君たちもなかったのだ。君たちは全部、スキタイ人か、あるいは君たちの存在について最初に気がついた野蛮人どもの、奴隷になっていたはずです。

君たちは、肉体を破壊する腫物《はれもの》のような存在だ。その肉体によって、はじめて発生することも、大きくなることもできるのだ。が、生ける肉体は腫物と闘って、それをつぶしてしまいます。われわれと君たちの関係も、やはりこれと同じなのだし、またこれよりほかに仕方がないのだ。君の願いを履行するよう助力すると、君に約束したものの、僕は君たちの教えをこの上なく有害で、低級なものとみなしている。僕がそれを低級と思うのは、自分を養ってくれる乳房を嚙《か》むことが卑《いや》しいと同じく、国家の福祉を利用しながらそれを維持する組織に参加しないでいることが公正でないからにほかなりません」

「君のお言葉には」パンフィリウスは言った。「もし君の思っているとおりに、実際僕たちが生活しているならば、多くの真実があったかもしれませんね。しかし、君は僕たちの生活を知っていないし、それに対して、誤った観念を作りあげていますからね。

僕たちが自分のために行使している生活法は、暴力の助けなしに達成しうるものなのです。人間は健康状態にある時には、自分の生活のために必要なより、はるかに多くのものを、自身の手で稼《かせ》ぎ得るように造られていますよ。一緒に暮しているので、僕たちは労力を共同にして、子供や、老人や、病人や、弱者を養うことができるのです。

また君は、支配者が人民を内外両方面の敵から、防護してくれると言いますがね、しかし、僕たちは敵を愛しているのだから、そんな敵なんてものは、僕たちの所にはいません。僕たちキリスト教徒は奴隷の心に皇帝たらんとする望みを惹《ひ》き起すと君は言う。しかし、それは正反対です。僕は言葉でも行動でも、ただ一つのことを宣伝しているんです。それは忍耐づよい恭順と労働がそれです。——卑しいものと考えられている、最も単純な労働者の仕事です。

僕は国務に関して、全く何一つ知っていないし、また理解してもおりません。僕たちが知っているのは、ただ一つだ、その代り確かに知っている。ほかでもありませんが、われわれの幸福はもっぱら他のひとびとの幸福の存在する所に存在する、で僕たちはこの幸福を追求しているという一事です。あらゆる人の幸福は、彼らの合一の中に存します。そしてこの合一は、暴力によらず、愛によって達成されます。強盗の通行人に対して揮《ふる》う暴力は、軍隊の捕虜に対する暴力、また裁判官の被告に対する暴力と同じように、われわれにとって不快至極のものです。それゆえ僕たちはそのいずれにも、意識的に参加しえません。自分で労苦せずに、暴力を利用することは僕たちにできません。暴力は僕たちの上にも影響を及ぼすのだ。けれど、僕たちのいう暴力への参加とは、それを他人に応用することではなく、自らが従順にこれを堪《た》え忍ぶことなのです」

「なるほどね」とユリウスは彼を遮《さえぎ》った。「しかし、君たちは真理のために喜んで非《ひ》業《ごう》の死を遂げる殉教者のようなふりをするだけです。真理は君たちの所にはない。君たちは傲慢《ごうまん》で、無分別で、社会生活の基礎全体を破壊しているのだ。君たちは言葉の上では愛を宣伝しているが、しかし、君たちの愛から流れ出るものを調べてみたなら、全く別なものが出て来るでしょう――そこから殺戮《さつりく》・暴力・略奪といった野蛮な状態への復帰が生じて来るのだ。しかも君たちの教義によると、これらは何物によっても抑制されてはならないものだそうですね」

「いいや、それは違います」パンフィリウスは言った。「もし君がほんとうに僕たちの教えや生活から流れ出てくるものを、用意周到に、偏見なく検討しようという気があるなら、そこらから流れ出るものが人殺しや暴力や略奪でないばかりか、反対に、こういう罪悪と争って成功を奏しうるには、ただただ僕たちの適用している方法によるほかないということを、君自身発見するようになるのです。人殺しや、略奪や、その他あらゆる種類の悪は、キリスト教の出現前にも、絶えずこの世にあったのだ、そして常にひとびとはそれらと闘っていたのだが、いつも不成功だった。僕たちの否定している方法をもってしたからです。これらの方法は、暴力をもって暴力に答えるもので、罪悪を抑制せずに、ただ単にひとびとの内に残忍性と邪悪とを拡大して、罪悪を喚起するばかりなのです。

偉大なローマ帝国を見てごらんなさい。いかなる他の国家でも、ローマにおけるように法律について考慮しているところはありません。法律の研究や改良が、あの国では特殊な学問にさえ高められています。法律は学校で教えるし、元老院でも審議するし、最も有能な市民たちはその改善と適用とに熱中しています。司法が最高の善と見なされ、裁判官の職分は特別な尊敬を払われている。ところが、一方では、現在世界において、ローマほど淫蕩《いんとう》と罪悪とに沈湎《ちんめん》している都会のないことは、これまた万人周知の事実だ。ローマの歴史を思い出してごらんなさい、すると君の眼の中に、以前の原始時代のローマの民衆のほうが、より美徳に秀《ひい》でていたことがうつるでしょうよ、あの時代はまだまだ法律が完成されていなかったのですがね。われわれの時代になるに及んで、法律の研究、改善、適用と並行して、ローマ人の徳義心はいよいよ荒廃を来《きた》し、犯罪の数は絶えず増大するし、また犯罪の形式そのものも、いっそう複雑巧妙になってきています。

また、実際それよりほかに仕方がないのです。もろもろの犯罪と戦って成功することは、すべての悪に対する場合と同じく、キリスト教的武器——すなわち愛——によって達成しうるばかりで、復讐《ふくしゅう》や、刑罰や、暴力のような異教的武器ではだめです。そういう君自身だって、人間が刑罰の恐れによって悪をつつしむよりも、悪をしたがらない気持になってくれることを望むだろうと思うんです。牢獄《ろうごく》に幽閉されている連中は、看守が見張っているために悪事をしないだけなのだが、はたして君はすべての人がこれと似ることを望むだろうか？　ひとびとが悪をなすことを望まず、善をしようと欲するようにしむけるには、法律による予防、阻止、及び刑罰では効を奏さないでしょう。この目的を達成しうるのは、人間の内部に根を張っている悪に打ち克《か》った時のみです。われわれはそれを行なっている。だのに、君たちは、悪の外的結果と争っているばかりだ。君たちは悪の根源にまで到達できないだろう、なぜというに、君たちは悪を追求しないし、それがどこにあるかも知りませんからね。

最も普通でかつ頻繁《ひんぱん》に繰り返される、殺人、略奪、窃盗《せっとう》、詐欺《さぎ》といったような犯罪は、自分の富を増加したいという人間の欲望から生ずるのです。が、時にはまた他の手段によって必要な米塩の資が得られないために、ただそれだけの理由で起ることもあります。こういうような犯罪のあるものは、法律をもって処罰されます。ところが、本来の意義からいって最も複雑で大仕掛けの犯罪であるにもかかわらず、この法律の庇護《ひご》の下に行われているのがあります。たとえば大規模な商業上の詐欺や、一般に貧乏人が富豪から搾取《さくしゅ》される多種多様な様式です。これらの犯罪のうち、法律をもって処罰されるものは、事実それによっていくらか抑制されるでしょう、あるいは、より正確に言えば、ある種の単純な犯罪形式は存立が困難となるでしょう。そして犯人は刑罰の恐れから、法律をもってしては捕えがたい、新しい犯罪方法を考案し、よりいっそう用意周到に、巧妙に、行動するようになるでしょう。ところが、キリスト教的生活の場合は、人間は各自の生活様式それ自体によって、このような犯罪から自分を守っているのです。この犯罪というのは、一面においては利益の追求から起るものだし、他の一面においては、一人の手中に不均衡なくらい莫大《ばくだい》な富が保持されることから生じるのです。われわれが他人の犯罪——つまり、略奪や殺人——を抑制するには、いったいどうしたらよいかというように、それはほかでもありません。自分自身には生活上の最も必要なものだけを利用し、余分の労力をことごとく他人に与えるの一手です。われわれキリスト教徒は、自分たちの日々の糧《かて》のために必要なもの以外、滅多に手もとに残しておかず、他人の貯《た》めこんだ富に誘惑されません。絶望に陥って、一片のパンのためにも犯罪をなしかねないほど飢えた人間が、もしわれわれのもとに来れば、いかなる犯罪も行わずに、自己に必要なものを発見するでしょう。われわれは飢えた人と凍えた人と共に最後のものをわかつために生活しているのですからね。で、その結果、ある種の犯罪者たちは自分のほうからわれわれのもとを遠ざかって行くし、またある犯罪者はわれわれに接近するうちに、自己の救いを発見し、犯罪者でなくなって、徐々に、万人の共同の利益のために労苦する労働者となってゆきます。

また別の部類の犯罪は、放埒《ほうらつ》な情欲から惹き起されます。たとえば、嫉妬《しっと》、復讐、動物的愛情、憤怒《ふんぬ》、憎悪《ぞうお》などからだ。このような犯罪は、決して法律をもっては抑制されません。こういう犯罪を決行する人間は、或《あ》る種の情熱の完全に無拘束な動物的状態にあるために、自分の行動の結果について考慮を払いえないのです。障害はかえってその情熱を煽《あお》るばかりです。したがって、法律の助力によって、この種の犯罪に打ち克つことは不可能です。われわれは実際こういう犯罪と争っているのです。われわれは人間の精神の中にのみ、自分の生活の満足と意義とを発見しうるものと信じています。それゆえ自分の情熱に仕えることによっては、満足を受けえないでしょう。われわれは自ら労働と愛の生活をもって、自己の情熱を鎮《しず》め、自己の内部に精神力を発達させています。だから、われわれの数が殖《ふ》えれば殖えるだけ、またわれわれの信仰が広く深く普及されればされるだけ、このような犯罪の数も、必然的に減少するでしょうよ。

最後に、第三種の犯罪ですが、これは他人に助力しようという希望から実現されます。あるひとびとは民衆の運命を軽くしてやろうという希望から、暴君を殺害し、これによって多数のひとびとを助けることができると考えている。このような犯罪の源は、悪の助けをかりて善を行いうると考えている点に存します。思想から生ずるこれらの犯罪は、法律の処罰を加えることによって、抑制できないばかりか、反対に懲罰の手段によって、かえって奨励され、普及されるばかりです。このような犯罪を決行する人たちは、迷いにおちているとはいえ、他人に奉仕したいという希望から、善なる衝動の影響下に行動しているのです。こういう人たちはまじめな人間で、自己を犠牲に供する覚悟があり、いかなる危険の前にも後戻りしない。したがって、刑罰の恐れは、この種のひとびとを抑制できない。かえって、危険はこのひとびとをふるい立たせ、苦痛も、刑罰も、彼らを英雄の座に高めて、他のひとびとの同情を惹《ひ》きつけ、そして他の人たちを同一の道に連れて行くのです。このことを、われわれはすべての国民の歴史で見ます。われわれキリスト教徒はこう信じています。——悪が消滅するのは、そこから必然的に生ずる自他の不幸を、すべてのひとびとが理解した時にほかならない。こうわれわれは信じます。四海同胞の精神が実現されるのは、われわれ各個人が兄弟となった時です——兄弟となることなしには断じて四海同胞の境地は敷かれないと心得ています。われわれは秘密結社を結ぶ反逆者たちの迷いはわかっているけれど、その人たちの真摯《しんし》さと自己犠牲の精神とは、高く買っております。だからこの種のひとびとの内にある善き分子を接触点として近寄りたいと思っています。この種のひとびともわれわれの中に敵を見ず、われわれを自分たちと同様に善を望むまじめな人間と思っている。そしてわれわれのほうに、これらの人たちの多くが近づいて来ます。他人に対する絶えない配慮を根本とする静寂な労働生活は、人命の犠牲を伴う一時的の勲功よりも、ひとびとのためには較《くら》べられないくらい有益であり、また困難であることを確認してくれます。そしてわれわれにくみするこのような人たちは、われわれの教団のあらゆる兄弟の中でも、最も活動的で、また最も強烈な精神力を示す人物となっています。

いったいあらゆる種類の犯罪と最も巧妙に戦って、その絶滅に最も多く働きかけているのは誰でしょう。悪の生じない精神生活の喜悦を示して、亀鑑《きかん》として、愛によって行動しているわれわれキリスト教徒だろうか、あるいはまた、法律の死せる文字によって判決を与え、そして結局自分のために犠牲者を滅ぼしたり、極端な怨《えん》恨《こん》に導いたりしている君たちの支配者や裁判官でしょうか？」

「君の言うことを聞いてますと」ユリウスは言った。「まるで君たちキでが正しいようにきこえてきますね。しかし、ひとつ僕に言ってくれたまえ、パンフィリウス君――いったいどうして世人は君たちを敵視し、追跡し、迫害し、そして殺害するのだろう？　君たちの愛の教えから不和が生ずるのはなぜだろう？」
「それに対する原因は、われわれ自身の内にあるのではなく、われわれの外部にあるのです。現に僕は政府からも、われわれからも、同様に犯罪と認められるような罪悪について話しました。こういう犯罪は、ある国家の定めた法律を、一時破壊するような暴力の様式を示しています。だが、これらの法律以外、ひとびとは自己の内部に、さらに別個の、永遠の、あらゆるひとびとの心に記《しる》された、全人類に普遍の法律を意識しています。われわれキリスト教徒は、この全人類に普遍な神の律法に従いそしてその最も明瞭《めいりょう》で完全な最上の表現を、われわれの教祖の生涯と言説の中に認めています。でわれわれの眼には、キリストの戒律を破壊するすべての暴力は、犯罪と映じます。その戒律は神の法律を現わしていますから、われわれは、自分たちに対する敵意をできるかぎり避けるために、自分たちが住んでいる土地の国法をも履行すべきことを心得ています。しかし、われわれはわれわれを良心と理性とをもって支配している神の律法を、他のあらゆるものよりも高くおいています。ですからわれわれは、神の律法に反しない国法だけしか履行するわけにいかないでしょう。皇帝のものは皇帝に、神のものは神に返せですよ。われわれが考慮に置くのは、われわれが偶然生れ、住まねばならなくなった、ある国家の法律の違反ばかりではありません。われわれは何物よりも先に全人類の本性に共通な、神の意志に反する犯罪を避けているのです。それゆえ犯罪とのわれわれの争いは、君たちの国家に対する争いよりも広いし、また同時に深いのだ。そしてわれわれが神の律法を最高の法律と認識する点が、個々の法律――たとえば自国の法律――を最もありがたがって、往々にして自分の周囲の慣習を、法律の座にまで祭り上げたりするような連中を、心配させ、また憤慨させるのです。真実の意味における人間、すなわち、キリストが、『真理は我々を自由なる者となす』といったような意味において、真の人間になることを望まない、もしくはそうするだけの力を持たないこれらの人間は、ある一国家の人民とか、または社会の一員とかいう状態にとどまっているから、自然、人間のさらに高い使命を見出《みいだ》し確認する人たちに、敵意をいだくようになります。自分自身この最高使命を認めることを望まなかったり、もしくは認めることができない結果、彼らは他の人たちにもそのことを許容しないのです。このような人たちについて、キリストはこう言っておられます。『掟《おきて》を司《つかさど》るものは禍《わざわ》いなるかな、汝《なんじ》らは悟りの鍵《かぎ》を手にしながら、自ら入らんとせず、入らんとする者をも妨ぐるなり』君を困惑させているわれわれに対する迫害も、こんな人たちから起るのです。

われわれ自身は、誰に対しても、われわれを迫害する者に対してさえも、敵意を持っておりません。またわれわれの生活様式は、誰に対しても害毒も損失ももたらしません。もし世のひとびとがわれわれに激昂《げっこう》し、敵意さえ持っているとしたら、それはわれわれの生活が、暴力の上に基づいているあの人たちの生活を暴露し、煙たくてたまらない気持を与えるからでしょう。われわれから発しないこのような敵意を除去するのは、われわれの力でどうにもなりません。なぜというに、われわれが理解した真理の悟りを見合せることもできないし、自分たちの良心や理性に反対して生活をはじめることもできないからです。われわれの信仰が世俗の人たちに喚起する、この敵意そのものについて、われわれの師はこう言われました。『地に平和を招来せしめんため、われ来《きた》れりと思うなかれ、平和を現わさんためならず、刃《やいば》を出さんためなり』キリストは自身もこうした敵意を嘗《な》めたので、われわれ弟子たちに、一度ならず警告してくださったのです。『世はその行い悪《あ》しきをわれに立証さるるゆえ、われを憎む』『もし汝ら世のものならんには、世は自らを愛すべし。されど汝らは世のものならず、われ、汝らを世より選びたるがゆえに、世は汝らを憎むべし』『汝らを殺すもの、神に仕うと思う時いたらん』けれど僕たちもキリストと同様に、肉体を殺す以外に、何一つなしえないものなど、恐れません。真理の光に照らされたわれわれは、その光の中に生きているのです。そしてこの生活は死というものを知らない。肉体の苦痛や死は、いかなる人もこれを避けえません。われわれの死刑執行人さえも、肉体の苦痛をなめて、死んで行く時期が来るでしょう。肉体の死に対して無力な不幸な者が、いかに苦悩するだろうと考えると、恐怖にとらえられる。何しろ一生涯の間に、あれだけの心配と緊張した努力とをもって獲得したすべての物を、死と共に失うのですからね。あらゆる苦しみの中での最も恐ろしいこれらの苦しみから、幸せにも僕はあらかじめ守られているのです、なぜなら、われわれのための幸福は肉体を苦しめないとか、死なないとかいう点にあるのではなく、自分の内部に精神生活を高め、あらゆる状態に際して心の平衡を保持し、われわれの意志を無視して生じて来るすべての現象の合理性と必然性とを喜んで意識し、そしてさらに、これが最も肝腎《かんじん》な点だけれど、真理の源それ自身によって人間の内部に賦与《ふよ》された最高の賜物たるわれわれの良心と理性とに忠実であるべきことです。それでわれわれは、われわれに敵意をいだく迫害者のために苦しまない。苦しむのは、僕たちではなしに、あの人たちがその胸の蛇《へび》のように心の中に愛撫《あいぶ》している敵意と憎悪とのために苦しむのだ。『光は世に来れるに、世の人々その行い悪しきゆえ、光より闇《やみ》を愛したり』ですよ。これがあの人たちへの裁《さば》きなのです。これを苦しむ必要はありません、なぜなら、真理は勝利を占めるからです。『羊は牧童の声を聞きて、その後ろに従わん、彼らその声を知ればなり』です……

このようにキリストの羊の群は滅亡しないばかりか、地上のあらゆる隅《すみ》から新しい羊を呼び寄せながら、増大してゆく。なぜなら、『風はおのがままに吹く、汝はその声を聞けど、そのいずこより来り、いずこに行くかを知らず』ですからね」

「なるほど」こうユリウスは相手を遮《さえぎ》った。「だが、君たちの内に誠実な人間が多くいるだろうか？　僕はしきりに君たちのことを、あいつらは真理のために喜んで非業《ひごう》の死を遂げる殉教者ぶっているにすぎないのだ、真理はあいつらの側にはない、あいつらは社会生活の基礎全体を破壊しようとする高慢な無分別な連中だと、非難している声を聞くのです」

パンフィリウスは何とも答えなかった。そしてユリウスを悲しげに眺《なが》めていた。

9

ユリウスがこう言っているところへ、パンフィリウスの小さい息子が駆けこんで来て、父親に身を寄せた。ユリウスの妻のあらゆる親切にもかかわらず、彼は彼女のそばから駆け抜けて、父親のそば近く飛んで来たのだ。

パンフィリウスは溜息《ためいき》を吐いて、息子をいたわりながら立ち上がった。しかし、ユリウスは彼を押し止めて、もう少し尻《しり》をおちつけて、もっと話したり、食事をしたりして行ってくれと頼んだ。

「僕は、いささか驚かされましたね」こうユリウスは言った。「君が結婚して、そして子供がいるとは。僕は、君たちキリスト教徒が私有財産を否定しているのに、どんな要領で子供を育てあげるのか、その点が理解できない。いかにして君たちのようなキリスト教徒の母親は、その子供たちが不安定で庇護《ひご》のない状態にあることを知りながら、冷静に暮してゆかれるのだろう」

「全体どうしてわれわれの子供たちが君たちの子供と較《くら》べて、不安定な状態に置かれているというんです？」

「そりゃほかでもありませんがね、何しろ君たちには奴隷《どれい》もなければ、財産もないからね。僕の妻は非常にキリスト教に傾いているんだ。ある時などは、この生活を放棄しようとさえ望んだのさ。一年前のことだったがね。僕はあの時妻と一緒に出かけようとしたっけ。けれど、子供たちを待ち受けているあの困窮と心配とが、何よりも強く妻を辟易《へきえき》させたのです。で、僕もつい妻に同意せざるをえなかった。それは僕の病気中のことでしたがね。自分の生活全体が僕は気に入らなくなって、すべてを棄《す》てたかったのです。しかし、妻の恐れもあったし、また他方には僕を治療してくれた医師の説明もあったのでね。その説明というのは、君たちが送っているようなキリスト教的生活は、家族を持たない者のためには、よくもあり可能でもあるが、しかしそこは家族を担《にな》う人間や、子供をかかえた母親のいるべき場所じゃない。君たちの理解しているような生活においては、人生、つまり人類は破滅しなければならない。そしてこれは全く正当のことだ。それだから、君が子供と一緒に現われたのが、特に僕を驚かしたんですよ」

「子供は一人きりじゃない。家にまだ乳呑《ちの》み児《ご》と、三つの女の児が残してあります」

「僕に説明してくれたまえ、それはいったい、どうなっているんです。僕はわからないね。五年前に僕はすべてを放棄して君たちのところへ行こうと覚悟したんだ。だが僕には子供たちがいるから、自分にはどんなに好《よ》くとも、子供たちを犠牲にする権利を持っていないと悟って、僕は子供たちのために、以前のような生活を続けることにしたのです。僕自身が人となり、暮してきたのと同一の条件で、育ててあげようとするためなのです」

「不思議だ」こうパンフィリウスは言った。「僕たちは全く正反対に考えていますね。僕たちに言わせれば大人は世俗的な生活を送っていても、それはまだ許しえる、何しろ大人はすでに汚れたものなのだから。しかし子供は？

これは恐るべきことだ！　子供たちと一緒に世俗的の生活を送るのは、子供たちを誘惑することです！　『この世は禍《わざわ》いなるかな、躓《つまず》くがゆえなり。躓く事は必ず来らん、されど躓きを招来する者は禍いなるかな』だ。

このようにわれわれの教祖は言っている。それゆえ僕がこんなことを言うのは、反駁《はんばく》のためではなく、実際そのとおりだから言うのですよ、僕たらが現存やっているような生活に終始しなければならない最も肝要な理由は、われわれの間に子供がいるからです。『汝《なんじ》ら嬰児《えいじ》の如《ごと》くなるにあらずんば、天国に入ること能《あた》わざるべし』と言われた、その存在者のためにです」

「しかし、どうしてキリスト教徒の家庭は、生活に対する一定の資産を持たずにいられるのだろう?」

「生活のための手段は、われわれの信仰によると、ただ一つしかないのですね、つまり、他人のために愛をもってする仕事です。君たちのそれは暴力だ。それは富が消滅するのと同様に、消滅するかもしれないものだ。そうすれば人間の労働と愛だけしか後に残らないのです。あらゆるものの基礎は、保持して、これを大きくする必要があると、僕たちは認めている。この基礎がある以上、家族はそれで生活してゆけるし、かつまた幸せに毎日を送ってゆけるだろうと思います。そうなんですよ」とパンフィリウスは言いつづけた。「もし僕がキリストの教えの真実性を疑って、かりにその実行をためらうことがあったにせよ、そうした私の疑惑も逡巡《しゅんじゅん》も、異教徒のもとで育てられた子供たちだの、君や君の子供たちが成人したような条件の下で育てられている子供たちの運命について、少しでも考えてみさえすれば、たちどころに片がついてしまうでしょう。われわれ少数の人間がいかに生活を整備しようと——宮殿を建てたり、奴隷を擁したり、外国からのいろんな品物を持って来たりしたところで——大多数のひとびとの生活は、やはり現在あるままに、当然あるべき状態に、とどまっていることでしょう。この生活の保証は常に一つしかない、つまり人間の愛と労働とだ。われわれは自分自身を、また親友を、これらの条件から暴力手段に訴えても解放しようとしています、——愛によらず他人を自分に奉仕させるように仕向けています——が、われわれが自分自身を保証すればするだけ、自然で永久な真実の保証である愛を、いっそう多く失うことになるのです。王の権力が増大すればするほど、その王に対する愛は減少してゆくのです。

もう一つの保証——労働の場合もまた同じです。人間が労働から遠ざかって、贅《ぜい》沢《たく》に馴《な》れるに従って、ますます労働に対する能力が乏しくなり、永久の真実の保証を失ってしまいます。多くのひとびとは自分の子供たちをこれらの条件におきながら、それを保証だと称している。かりに君のお子さんと僕の子とを呼び寄せて、道を見つけるとか、伝言をするとか、何か用事をやらせてみたまえ、そして二人の内のどちらがよく行うか見てみよう。ためしに二人を学校にやってみたまえ、そのどちらが、よけいに喜んで採用されるだろう？　いや、キリスト教徒の生活は、ただ家族のいない者だけに可能だなぞと言うような、そんな恐ろしい暴言を吐かないでください。反対です、異教徒の生活こそ、子供のない人間だけに許さるべきものですね。しかし、この小さき者の一人を躓かす者は禍いなるかなだ」

ユリウスは黙っていた。

「そうだ」と彼は言った。「君のほうが正しいのかもわからない。けれど、子供たちの教育ははじめられたし優秀な教師が教えているのだ。僕たちの知っていることは、子供たちにもすべて覚えさせるとしよう。このことから害毒は生じえないだろう。僕にとっても、子供たちにとっても、まだ時間があるからな。子供たちが一人前になって、もし必要と認めたら、君たちのもとに行くだろう。僕も子供たちを職につけてやって自由な身となった暁に、それを実行できるわけだ」

「真理を知れば、自由になりますよ」パンフィリウスは言った。「キリストは即座に完全な自由を授けてくださるが、世俗的な教えは決して授けてくれないからね。じゃ、さよなら」

そしてパンフィリウスは子供と共に立ち去った。

裁判は公開された。そこにユリウスは、パンフィリウスが、他のキリスト教徒と一緒に、殉教者の死骸《しがい》を片づけているのを見た。ユリウスは彼を見た。しかし、官憲を恐れて、そのそばに近寄りもしなかったし、また自分のもとに呼び寄せもしなかった。

10

さらに十二年たった。ユリウスの妻は死んだ。彼の生活は公共事業の配慮や、権力の追求の内に流れ過ぎた。それは彼に与えられたかと思うと、また彼からすべり抜けてしまうのだった。彼の身代は巨額になり、ますます大きくなっていった。

が、彼の息子たちは大きくなり、特に次男が贅沢《ぜいたく》な生活をやりだした。彼は父親が財産を貯《た》めこんでいる桶《おけ》の底に穴をあけた。身代が貯まれば貯まるほど、穴からの流出も迅速《じんそく》さを増大していった。ユリウスと息子たちとの間には、かつて彼自身とその父親との間に惹《ひ》き起されたような争いが生じた。憤怒《ふんぬ》、憎悪《ぞうお》、嫉妬《しっと》。その上にさらにこの時分、新しい皇帝がユリウスから寵《ちょう》を奪った。ユリウスは以前の追従《ついしょう》の徒輩から見捨てられ、追放にもされそうだった。彼はローマへ釈明に赴《おもむ》いた。が、許容されず、帰国を命ぜられた。

家へ戻って来た彼は、放埒《ほうらつ》な青年どもを家の中に連れ込んでいる息子を見出《みいだ》した。キリキヤでは、ユリウスは死んだという風評が立っていた。で息子は父親の死を祝っていたのだった。ユリウスはわれを忘れて、息子を猛烈に殴《なぐ》りつけた。息子は死者のように、ぶっ倒れた。それから彼は妻の居間に入って行った。彼はそこに福音書を見つけだしたので、さっと読んでみた。

『すべて疲れたる者、また重荷を負える者はわれに来《きた》れ、われ汝《なんじ》らを休ません』

『そうだ』ユリウスは思った。『もう以前から神が俺を呼んでおいでになったんだ。俺は神を信ぜず、片意地で、邪悪だった。だから俺の軛《くびき》は重たく、また俺の重荷は苦しかったのだ』

ユリウスは長い間、開《あ》けたままの福音書の写本を膝《ひざ》の上に置いて、自分の過ぎ去った生活全体について思い耽《ふけ》ったり、いろいろな場合にパンフィリウスが自分に話したことを追想したりしながらすわっていた。

が、やがてユリウスは立ち上がって、息子のもとへ行った。彼は息子が起き上がっているのを見て自分の殴打《おうだ》が危害をもたらさなかったことを、この上なく喜んだ。

息子には一言も言葉をかけずに、ユリウスは往来へ出た。そしてキリスト教徒の共同体のある方角をさして歩きだした。

彼は終日歩き通して、夕方、とある農家に泊ろうと思って足を停《と》めた。彼が入って行った部屋の中に、人が横たわっていた。足音で、その人は身を持ち上げた。

それはあの医師だった。

「さァ、今こそ君は僕を言い負かすわけに行きませんよ」こうユリウスは叫ぶように言った。「僕はこれで二度目に出かけて来たのだからね。ただあそこにのみ、平安が見出されると悟ったんですよ」

「どこにです？」医師は訊《たず》ねた。

「キリスト教徒のもとにです」

「さよう、ひょっとしたら、平安が見つけられるかもわかりません。だが、あなたは自分の義務を履行できないでしょう。あなたには男性的なところがない、不幸があなたを圧倒してしまうでしょうよ。真の哲学者たちはそんなようには行動しません。不幸――それは単に黄金を試みる火にすぎないのです。あなたは鎔解炉《ようかいろ》の中を通り抜けてこられたのだ。それで今こそ、あなたは有用の人物となられたのだ。それなのに、今となって、あなたは遁《のが》れ去ろうとしていなさる。今こそ、あなたは他の人たちや自分を試《ため》してみたらいいのです。あなたは真の叡《えい》知《ち》を獲得したのだ、それを国家の福祉に行使すべきでしょう。もし人間や、その情欲や、また人生の条件を認識したひとびとが、自分たちの知識や経験を社会の利益に使わずに、平安を追求するために賭《か》けてしまったら、市民たちはどうなることだろう。あなたの人生に関する叡知は、社会にあって獲得されたものだから、あなたはそれを同じ社会に提供しなければなりませんよ」

「しかし、僕にはなんの叡知もありはしないのだ。僕は全身迷いに充《み》たされている。迷いは古いが、それだからとて、そこから叡知は生れて来ない。水はどんなに古くなって腐っても、酒にはならないでしょうからね」

こう言ってユリウスは、自分の外《がい》套《とう》を取って家からとび出した。そして休息もせずに前進した。

翌日の暮れ方、彼はキリスト教徒のもとに到着した。皆から敬愛されているパンフィリウスの親友だとは知らなかったが、一同は喜んで彼を迎えた。

食卓についた折、パンフィリウスは自分の親友に気がついた。と、嬉《うれ》しげな微笑をうかべながら彼は親友のそばへ駆け寄って抱擁した。

「とうとう来てしまいました」ユリウスは言った。「僕はどういう仕事をしたらいいのか言ってくれたまえ、君の言うことを聞きますからね」

「そんなことに心を労する必要はありません」こうパンフィリウスは言った。「さあ一緒に行きましょう」

パンフィリウスはユリウスを、新参の人たちが暮している家に導いた。そして一つの寝床を指示して次のように言った。

「何をしたらほかのひとびとに役立つことができるかは、僕たちの生活をよく観察できたら、ひとりでに理解できるでしょう。まァ、当分のうち、暇な時間を利用する心得までに、明日の仕事をお教えしておきましょう。ここの畑では、今葡萄《ぶどう》の収穫をしていますから、そこへ行って手助けをやりたまえ。どこが君のいるべき場所か、君は自分でわかるでしょう」

翌朝、ユリウスは葡萄畑に行った。第一の畑は若樹で、たくさんの房が垂《た》れていた。若者たちがその房を採り集めていた。すべての場所が塞《ふさ》がっていた。ユリウスは長い間、いたるところを歩き回ったが、自分の場所を発見できなかった。

彼は先へ進んで行った。それはいささか古い葡萄畑だった。実はやや少なかった。ところが、そこでもユリウスのなすべき仕事は一つもなかった。――皆は二人ずつ組になって働いていた。で彼には場所がなかった。彼はさらに先へ進んで行った。そしてすでに老樹となっている葡萄畑へ入った。畑は空《から》っぽだった。蔓《つる》は曲って、ひねくれて、一粒の房だってないように、ユリウスには思われた。

『全くそうだ、俺の生涯もこのとおりだ』と彼はつぶやいた。『もし俺が最初の機会に、ここに来ていたら、俺の生涯も第一の畑の果実のようだったろう。二度目に思い立ったあの時に来ていたら、二番目の畑の果実のようだったろう。だが、現在の俺の生活は――ただ焚《た》きつけに役立つだけの、これらの不必要な老いぼれた蔓と同じことだ』

ユリウスは自分で自分の行なったことに驚いた。また自分の全生涯をむなしく破滅したために、自分を待ちかまえている刑罰に驚いた。

ユリウスは悲しんで言うのだった。

『俺は何の役にも立たない、今となってはもう何一つできない』

彼はその場を立ち上がらず、もう永久に取り戻せないものを滅ぼしてしまったことを嘆いて泣いていた。

すると、突然、彼は自分を呼んでいる、老人らしい声を耳にした。

「働きなさいよ、兄弟」こうその声は言った。

ユリウスは振り返った。そして雪白の髪をいただき、あずさ弓のように腰の曲った老人が、かろうじて足を運んでいるのを見た。老人は葡萄の幹のそばに立ち止り、そこここに残っている甘い房を採った。ユリウスは彼のそばへ近寄った。

「働きなさい、兄弟、労働は喜ばしいものじゃでのう」

こう言って老人はユリウスに、そこかしこに残っている房を、いかにしたら捜し出せるかを教えてくれた。ユリウスは捜しはじめた。幾つか発見した。そしてそれを持って行って老人の籠《かご》の中へ投げ入れた。

と、老人は彼に向ってこう言った。

「なあ、見てごらん、これらの房は、あちらの畑で採集されている房より、どこがいったい悪いだろう?

『光あるうち光の中を歩め』とわれわれの教祖が言われた。『凡《およ》そ子を見てこれを信ずる者は限りなき命を得、またこれを終りの月に甦《よみがえ》らすべし、われわれを遣《のこ》せしものの心なればなり。神のその子を世に遣わし給《たま》えるは、世を裁《さば》かんために非《あら》ず、彼によりて世を救わんがためなり。彼を信ずるものは裁かれず、信ぜざるものは既に裁かれたり。神の独り子を信ぜざればなり。罪の定まる所以《ゆえん》は光の世に来たりしに、人その行いの悪《あ》しきによりて、光を愛せず、かえって闇《やみ》を愛すればなり。すべて悪をなす者は光を憎み、その行いを咎《とが》められざらんがために光に来らず。されど誠を行うものは、その行いの現われんがために光に来る、そは神によりて行えばなり』

あんたは自分がやって来た以上のことができないと言って悲嘆してなさる。が、嘆きなさるな、お若いの。われわれは一人残らず神の子で、またその神の下僕なのだ。われわれはすべて神に仕える一隊なのだ。ねえ、まさかあんた以外に、神の下僕はいないなんて考えているのじゃないだろうな？　もしあんたが働き盛りの時に、神への奉仕に献身していたら、神に必要なことを、全部行なっていただろうか？　神の王国を建設するために、人間がすべきことの全部をなしとげていただろうか？

あんたは倍も、十倍も、百倍も、余分にやったにちがいないと言うだろう。しかし、もしあんたがすべてのひとびとより何億倍も多くなしとげたにせよ、神の仕事全体からみれば、それは何でもありはしない。取るに足らぬ大海の一滴じゃ。神の仕事は、神それ自身のように宏大無辺際《こうだいむへんさい》じゃ。神の仕事はあんたの内部にありますのじゃ。あんたは神のもとへ行って、労働者でなく、神の息子になりなさい、それであんたは限りない神とその仕事に参加する人間となるだろう。神のもとには大きいものの小さいものもありはしませぬ、また人生においても大きいものも小さいものもなく、存在するものは、ただまっすぐなものと曲ったものばかりじゃ。人生のまっすぐな道に入りなさい、そうすればあんたは神と共にあるようになるだろう。そしてあんたの仕事は大きくも小さくもならない、ただ神の仕事となるだろう。天にあっては、百人の義人のためよりも、一人の罪人のために、より多くの喜びがあることを思い出しなされ。世俗のこと、あんたが通って来たすべてのことは、あんたの罪悪をあんたに示したばかりだ。しかしあんたは自分の罪悪を悟った時に、悔い改めなされた。そして悔い改めるや否《いな》や、あんたはたちまちまっすぐな道を発見なすった。が、まっすぐな道を発見したうえは、神と共にそれをたどって歩み、過ぎ去ったこと、大きいこと、また小さいことを考えなさるな。神のためには、生きとし生けるすべてのものが平等なのだからのう。一つの神と、それに一つの生があるだけです」

それでユリウスは安心した。兄弟たちのために全力を傾注して労苦しつつ生活を続けた。こうして彼は、喜びの内になお二十年生き延《の》びた。そして肉体の死が訪れたのも知らなかった。

解説

原卓也

トルストイが『光あるうち光の中を歩め』と、そのプロローグにあたる『閑人たちの会話』とを、いつ書きはじめたかは明らかでない。しかし、作品のテーマや思想からみて、おそらく一八八〇年代の初め頃、すなわち彼が『懺悔《さんげ》』を発表して、自己の到達した新しいキリスト教世界観を広く世に示した直後であろうとされている。この時の原稿は、『光あるうち光の中を歩め』と『閑人たちの会話』という二つの短編から成るものではなく、『閑人たちの会話』が導入部となっており、登場人物の一人が『光あるうち光の中を歩め』の物語を披露《ひろう》する構想になっていたようであるが、かんじんの物語のほうは一章たらずしか書かれずに中断されていた。

トルストイが高弟チェルトコフのすすめに従ってこの物語の執筆に立ちもどったのは、一八八七年のはじめである。久しく放っておいたまま、あるいは当人も忘れていたかもしれぬこの物語は、トルストイの創作意欲を大いに刺激したとみえて、ソフィヤ夫人にこの物語の進行ぶりを告げる何通かの書簡からもわかる通り、トルストイは一週間たらずで原稿を書きあげてしまった。

しかし、書きあげはしたものの、トルストイは作品の出来《でき》栄《ば》えに不満で、彼のほとんどすべての作品と同様、この短編も、ソフィヤ夫人による清書、トルストイの訂正加筆、チェルトコフの催促と助言といった一連の過程をたどることになる。そして八七年四月頃には、作品の完成をあきらめかけたトルストイに拍車をかけるべく、チェルトコフをはじめとする高弟たちが、作品にこういう箇所を書き加えてはどうだろうかというリストを作成して彼に提示したり、トルストイの原稿をチェルトコフが修正したり、書き足したりしたこともあった。トルストイはそれらのリストや、訂正加筆された箇所にいちいち目を通し、生かすべきところは自分の筆であらためて書き直して、何度も原稿を練りつづけ、八七年六月頃にようやく最終稿ができあがった。

だが、この作品もロシアでは容易に陽の目を見ることはできず、最初に活字になったのは、一八九〇年、「フォートナイトリイ・レヴュー」誌に英訳されたものだった。さらに一八九二年、ジュネーブで最初のロシア語版が出版された。

この小説がはじめてロシア国内で発表を許されたのは、一八九三年である。「困窮移住民を救援する会」の資金を集めるための文集『道』に収録されたのである。しかし、私有財産だの、暴力によって活動する国家だの、国家の否定だのが話題になっている箇所は、検閲によってことごとく削除されていた。

ロシア国内でこの作品が完全な形で発表されたのは、今世紀に入ってからのことで、一九一三年、ビリューコフ監修のトルストイ全集第十六巻に削除なしで収録された時が最初である。しかし、この時すでにトルストイはこの世の人ではなかった。

『光あるうち光の中を歩め』は、福音書に伝えられているキリストの教えに従って生きよと説いた晩年のトルストイ思想を、きわめてわかりやすく示している作品である。『懺悔』『さらばわれら何をなすべきか』以後の作品や論文でトルストイの展開するキリスト教的アナーキズムは、古代の原始キリスト教世界を理想とするものと言ってさしつかえないが、この作品では、まさにその古代キリスト教の世界に生きぬく青年パンフィリウスと、さまざまな欲望や野心、功名心などの渦まく俗世間にどっぷりつかっている青年ユリウスという二人の人物を中心に、トルストイの思想が淡々と述べすすめられる。そして、現世に絶望したり、自己嫌悪《けんお》におちいったりして、何度かパンフィリウスの住む世界へ走ろうと志しながら、そのたびに、疑惑や迷いにはばまれて、ふたたび俗世界に舞いもどっては、そこでまた一応の成功をおさめ、パンフィリウスの思想を否定するにいたるユリウスの姿が、きわめて生きいきと描かれているため、俗世界における性的な愛とか、私有欲、名誉心などといったものが、いかに力強くわれわれを金縛りにしているか、トルストイの理想とするキリスト教的自己完成の障害となっているかが、強い説得力をともなって示されているのである。

晩年のトルストイの思想をよく伝える佳作と言ってよいだろう。

最後に、翻訳について一言しておくが、この作品は父、久一郎が、戦前、中央公論社版トルストイ全集のために訳出し、戦後、昭和二十七年、新潮文庫に収録するに際して大幅に修正している。しかし、その時からさらに多くの歳月が流れ、漢字や仮名遣い、表現などにも少なからぬ変化が生じてきた。そのため、今回、版を改めるにあたって、わたしが現代の若い読者にも親しみやすいよう抜本的に筆を加えた。テキストとして、九十巻トルストイ全集の第二十六巻を用いたこととともに、ここにお断わりして事情を明らかにしておく。

（一九七四年五月）

トルストイ
木村 浩訳
アンナ・カレーニナ
（上・中・下）

文豪トルストイが全力を注いで完成させた不朽の名作。美貌のアンナが真実の愛を求めるがゆえに破局への道をたどる壮大なロマン。

トルストイ
工藤精一郎訳
戦争と平和
（一〜四）

ナポレオンのロシア侵攻を歴史背景に、十九世紀初頭の貴族社会と民衆のありさまを生き生きと写して世界文学の最高峰をなす名作。

トルストイ
木村 浩訳
復活
（上・下）

青年貴族ネフリュードフと薄幸の少女カチューシャの数奇な運命の中に人間精神の復活を描き出し、当時の社会を痛烈に批判した大作。

トルストイ
原 卓也訳
クロイツェル・ソナタ
悪魔

性的欲望こそ人間生活のさまざまな悪や不幸の源であるとして、性に関する極めてストイックな考えと絶対的な純潔の理想を示す2編。

トルストイ
原 卓也訳
人生論

人間はいかに生きるべきか？　人間を導く真理とは？　トルストイの永遠の問いをみごとに結実させた、人生についての内面的考察。

ショーペンハウアー
橋本文夫訳
幸福について
——人生論——

真の幸福とは何か？　幸福とはいずこにあるのか？　ユーモアと諷刺をまじえながら豊富な引用文でわかりやすく人生の意義を説く。

ドストエフスキー
工藤精一郎訳
罪と罰（上・下）

独自の犯罪哲学によって、高利貸の老婆を殺し財産を奪った貧しい学生ラスコーリニコフ。良心の呵責に苦しむ彼の魂の遍歴を辿る名作。

ドストエフスキー
原　卓也訳
カラマーゾフの兄弟（上・中・下）

カラマーゾフの三人兄弟を中心に、十九世紀のロシア社会に生きる人間の愛憎うずまく地獄絵を描き、人間と神の問題を追究した大作。

ドストエフスキー
江川　卓訳
悪霊（上・下）

無神論的革命思想を悪霊に見立て、それに憑かれた人々の破滅を実在の事件をもとに描く。文豪の、文学的思想的探究の頂点に立つ大作。

ドストエフスキー
木村　浩訳
白痴（上・下）

白痴と呼ばれる純真なムイシュキン公爵を襲う悲しい破局……作者の〝無条件に美しい人間〟を創造しようとした意図が結実した傑作。

ドストエフスキー
原　卓也訳
賭博者

賭博の魔力にとりつかれ身を滅ぼしていく青年を通して、ロシア人に特有の病的性格を浮彫りにする。著者の体験にもとづく異色作品。

ドストエフスキー
江川　卓訳
地下室の手記

極端な自意識過剰から地下に閉じこもった男の独白を通して、理性による社会改造を否定し、人間の非合理的な本性を主張する異色作。

ツルゲーネフ
神西清訳

はつ恋

年上の令嬢ジナイーダに生れて初めての恋をした16歳のウラジミール——深い憂愁を漂わせて語られる、青春時代の甘美な恋の追憶。

ツルゲーネフ
工藤精一郎訳

父と子

古い道徳、習慣、信仰をすべて否定するニヒリストのバザーロフを主人公に、農奴解放で揺れるロシアの新旧思想の衝突を扱った名作。

チェーホフ
神西清訳

桜の園・三人姉妹

急変していく現実を理解できず、華やかな昔の夢に溺れたまま没落していく貴族の哀愁を描いた「桜の園」。名作「三人姉妹」を併録。

チェーホフ
神西清訳

かもめ・ワーニャ伯父さん

恋と情事で錯綜した人間関係の織りなす日常のなかに、絶望から人を救うものは忍耐であるというテーマを展開させた「かもめ」等2編。

チェーホフ
小笠原豊樹訳

かわいい女・犬を連れた奥さん

男運に恵まれず何度も夫を変えるが、その度に夫の意見に合わせて生活してゆく女を描いた「かわいい女」など晩年の作品7編を収録。

ソルジェニーツィン
木村浩訳

イワン・デニーソヴィチの一日

スターリン暗黒時代の悲惨な強制収容所の一日を克明に描き、世界中に衝撃を与えた小説。伝統を誇るロシア文学の復活を告げる名作。

Title : ХОДИТЕ В СВЕТЕ ПОКА ЕСТЬ СВЕТ
Author : Лев Н. Толстой

光《ひかり》あるうち光《ひかり》の中《なか》を歩《あゆ》め

新潮文庫　ト－2－8

昭和二十七年六月三十日　発行
平成十七年五月二十五日　九十二刷改版
令和五年四月三十日　百三刷

訳者　原《はら》久《ひさ》一《いち》郎《ろう》
発行者　佐藤隆信
発行所　株式会社　新潮社
郵便番号　一六二—八七一一
東京都新宿区矢来町七一
電話　編集部(〇三)三二六六—五四四〇
　　　読者係(〇三)三二六六—五一一一
https://www.shinchosha.co.jp

価格はカバーに表示してあります。

乱丁・落丁本は、ご面倒ですが小社読者係宛ご送付ください。送料小社負担にてお取替えいたします。

印刷・錦明印刷株式会社　製本・株式会社植木製本所

ISBN978-4-10-206012-4 C0197